KB155283

BBULMEDIA

BBULMEDIA

암천루

암천루

1판 1쇄 찍음 2017년 3월 2일
1판 1쇄 펴냄 2017년 3월 9일

지은이 | 산수화
펴낸이 | 정 필
펴낸곳 | 도서출판 **뿔미디어**

편집장 | 문정흠
기획 · 편집 | 선우은지

출판등록 | 2002년 9월 11일 (제1081-1-132호)
주소 | 경기도 부천시 원미구 소향로 17번길(두성프라자) 303호 (우)420-864
전화 | 032)651-6513 / 팩스 032)651-6094
E-mail | bbulmedia@hanmail.net
비북스 | http://b-books.co.kr

값 8,000원

ISBN 979-11-315-7839-1 04810
ISBN 979-11-315-6313-7 04810 (세트)

암천루
9
완결
산수화
신무협 장편 소설

차례

1.
비무집결(比武集結)

혈검군주의 얼굴은 언제나 무표정했다.

비사림 내, 림주를 제외하고는 그의 표정이 변한 걸 본 사람이 없을 정도였다. 그는 사람을 죽일 때도, 밥을 먹을 때도, 즐거워할 때도 표정이 없었다.

무면검마(無面劍魔)라 불리는 이유가 달리 있는 것이 아니었다.

그리고 이렇게 분노할 때도 표정에 변화가 없었다.

다만 전신에서 발산되는 거친 마기만이 그의 분노를 그대로 증명하고 있었다.

그 앞에 반 시체가 되다시피 한 유령군주가 몸을 벌

벌 떨었다.

칠군주 중 최강의 존재이자 비사림의 림주를 제외하곤 무공의 일인자라 할 수 있는 혈검군주 앞에서는, 제아무리 유령군주라 해도 고개를 들 수가 없었다.

"몸은 좀 어떤가."

"…괜찮소이다."

이전 기량을 되찾을 수 있을지 없을지조차 모르는 상황에서 물을 말이 아니었다.

이전 강비 일행과의 전투에서 그는 큰 상처를 입었다. 그것은 마공 특유의 재생력에 의존할 수 있을 만한 것이 아니었다. 오히려 폭주해서 마공이 깨질 수도 있었기에 섣불리 고치려 들 수도 없었다.

혈검군주는 그때 잡아온 유령군주를 지금까지 고문했다.

그 와중에 죽지 않은 유령군주의 몸도 대단하지만, 크게 다친 동료를 몇 달 동안이나 고문한 혈검군주의 독기 역시 대단한 것이었다.

"유령."

"……."

"천랑이 죽었고 철마가 반 토막이 났네."

"…면목이 없소이다."

"지금까지 본림의 수많은 마인들이 일 년 전부터 횡액을 당했네. 의선문의 사태에 끼어들었고 천랑이 데리고 다녔고 다시 자네들이 데리고 다녔지. 광호가 데리고 다니던 마인들의 숫자도 꽤 많지."

"……."

"본림의 전력이 얼마나 줄었는지, 자네는 실감하고 있는가?"

"그렇소."

"한데 거기에 광호까지 빼앗겨야 쓰겠나?"

유령군주는 고개를 숙일 수밖에 없었다.

미치기 일보 직전까지 고문을 받았지만 그의 정신은 죽지 않았다. 하지만 그가 크나큰 실책을 저질렀다는 건 사실이었다.

비사림의 작은 주인이자 차기 림주로 내정이 된 광호를 빼앗겼다.

혈검군주는 손에 들린 서신을 펼쳤다.

그의 눈동자가 파르르 떨려왔다.

제자들끼리 교환 좀 해보기로 하지. 물론 내 제자가 다쳤다면 이놈도 그냥 두긴 힘들겠지. 잘 모셨으면 좋겠는데 말이야. 시간은 숭산 비무가 벌어지기 하루 전으로 잡는 게 좋겠어. 당연히 숭산 인근으로. 답변이 오면 자세한 장소는 추후 정하기로 해. 아, 참고로 협상이 결렬되었다거나 내 제자를 이미 죽였을 경우, 이놈을 우리가 어떻게 죽일 건지 너희들은 상상도 못할 거야. 하긴 너희 같은 마졸(魔卒)들이 그걸 신경이나 쓰는지 모르겠다만. 여하튼 답변 빨리 해.

혈검군주의 몸에서 짙은 살기가 뿜어져 나왔다.

그는 살아생전 이런 고약한 협박성 서신을 받아본 적이 없었다. 말투부터가 이미 상전이다. 서신 한 장으로 열 받아본 적도 처음이었다.

"장절 용화신이라더니, 과연 배포 하나는 남달라. 십만 거지들의 주인이라 이거지."

차갑게 내지른 말에 유령군주는 침을 꼴깍 삼켰다.

"유령."

"말씀하시오."

"되찾을 수 있겠나?"

뜬금없는 말이지만 유령군주는 그가 무슨 생각으로 그런 말을 하고 있는지 알 수 있었다.

이전의 기량을 찾을 수 있겠느냐.

지속적으로 찾아오는 지금의 내상을 내딛고 다시 창공으로 날아오를 수 있겠느냐.

"…불가능할 것 같소."

"받게."

툭 던져 준 물건은 하나의 금낭이었다.

겉에 마(魔)라는 한 글자가 새겨진, 불길한 색채의 금낭.

유령군주의 눈꺼풀이 파르르 떨려왔다.

"천마단(天魔丹)."

이름은 거창하지만, 거창한 이름과는 달리 꽤나 끔찍한 약물이었다. 강호에 흔히 알려진 자폭마공, 폭혈공의 십여 배에 해당하는 파괴력을 발산하는 마약(痲藥)이자 마약(魔藥)이었다.

혈검군주의 표정은 여전히 변함이 없었다.

"어린 거지를 데리고 대왕 거지에게 가게."

"…알겠소."

"내세에서 보세나."

너무나 쉽게 말하는 그다. 그러나 유령군주는 그의 말을 거부할 수 없었다.

거부하는 순간 죽음이 행복할 만큼의 고통을 받게 될 것이다.

천천히 물러나는 유령군주를 일별한 혈검군주는 깍지를 끼었다.

'묘하군.'

지금까지의 전투, 지금까지의 전세.

혈검군주의 눈동자에 혈기가 스쳤다.

'밀리고 있다.'

심각하리만치 이쪽이 밀린다. 겉으로야 격렬하게 치고 들어가는 중이지만 중추가 하나씩 무너진다.

'정말 좋지 않아.'

이대로 가다가는 얌전히 물러나기는커녕 치명적인 상처만 입은 채로 퇴장하게 생겼다. 그것도 전력만 대폭 깎아먹은 채로.

최악의 경우, 중원에 뿌리를 내린 모든 세작들까지 다 박살 나겠다.

'암천루라.'

별 거지같은 세 글자로 이렇게까지 화가 날 줄은 몰랐다.

어디서 튀어나온 놈들인지 알 수가 없었다. 중원의

숱한 고수들, 세력들을 파악하고 나서도 금력의 흐름을 위해서 몇 년을 더 기다린 전쟁이었다.

그 몇 년 동안 중원 곳곳을 파악해 놓았다.

신생 문파 중 가능성이 있다고 판단되면 몰래 살수들을 보냈고 조용하던 문파가 일어날 기미가 보이면 고수들을 파견했다.

무대의 위험 요소를 대부분 정리했다고 생각했거늘.

'이래서 세상살이가 재밌다는 것이지.'

하기야 일대일 비무에서도 온갖 변수가 터지는데, 세력 대 세력의 싸움에서 변수가 안 터질 리 없다.

그 모든 변수를 압도할 만큼의 힘을 갖추었다고 생각했는데, 그 또한 오만이었던 모양이다. 중원의 저력은 생각 이상으로 거셌고, 질겼고 강했다.

그가 고심에 빠진 사이, 어느 순간 그 앞으로 시커먼 연기가 피어오르기 시작했다.

혈검군주는 놀라지 않았다. 그 시커먼 연기 속에서 목소리가 나올 때도 마찬가지였다.

"제일(第一) 군주님을 뵙습니다."

"용건은?"

"초혼방이 멸문지화를 당했습니다."

콰직!

혈검군주 좌측에 있던 탁자가 완전히 가루가 되어 스러졌다.

"멸문지화?"

"그렇습니다."

"완전히 쓸렸다고?"

"초혼방주의 종적은 묘연합니다. 다만 휘하 십대혼주들의 시신들이 곳곳에 짓이겨진 채로 드러났습니다. 숱한 술사들의 시체들이 중원 전역에 걸쳐서 발견되고 있습니다."

혈검군주의 두 눈이 번뜩였다.

"부방주는?"

"종적이 묘연합니다."

"초혼방주가 죽었는지 죽지 않았는지는 모른단 말이지?"

"그렇습니다. 다만……."

시커먼 안개의 소리가 점차 작아지기 시작하더니 이내 아무것도 들리지 않게 되었다.

전음이었다.

한참 그의 전음을 들었던 혈검군주는 고개를 끄덕

였다.

"알았다. 수고했다."

사라락.

시커먼 안개가 훅 사라졌다.

혈검군주는 천천히 일어나 방의 좌측, 기다란 회랑으로 통하는 문을 열었다.

끼이익.

열리는 문 안쪽에는 어둠만이 가득했다. 불길한 어둠이었다.

그는 거침없이 그곳으로 들어섰다.

복도는 길었다.

복도 좌우측으로 일렁이는 화섭자가 걸려 있다. 완전하게 어둠으로 물들지는 않았다. 하지만, 오히려 그랬기에 더욱 음산한 분위기를 풍기고 있었다.

일순.

후우욱.

공간 전체를 내리누르는 압력이 느껴졌다.

혈검군주의 표정은 변함이 없었다. 걷는 속도도 변함이 없었다.

그리고 마침내 도달한 그곳.

커다란 태사의에, 방만한 자태로 앉아 있는 노인이 보였다.

뭔가를 조용히 중얼거리고 있는데, 귀가 밝은 혈검군주조차도 그가 어떤 혼잣말을 하는지 알 수가 없었다.

새하얗게 센 머리. 앞머리가 내려앉아 얼굴 전체를 뒤엎은 모양새다. 다만 흔들리는 머리카락 사이로 드러난 새하얀 이빨만큼은, 짐승의 그것처럼 날카롭게 갈린 이빨만큼은 확연하게 보였다.

늙수레한 노인. 짐승의 그것처럼 날카로운 이빨을 가진 노인.

그리고 덩치가 산처럼 거대한 노인이었다.

"림주님."

혈검군주의 입에서 나온 호칭은 그와 같았다.

백발노인의 중얼거림이 뚝 끊겼다.

"누구냐."

"혈검입니다."

"…지현이로구나."

혈검군주의 눈꺼풀이 파르르 떨렸다.

"그렇습니다, 형님."

"어쩐 일이냐."

혈검군주는 말을 돌렸다.

"몸은 좀 괜찮으십니까?"

"괜찮지도 나쁘지도 않다."

"광증은 어떻습니까?"

"한 번씩 찾아온다. 하지만 예전처럼 격렬하진 않아. 썩 나쁘지 않다."

"다행입니다."

노인은 잠시 말이 없었다.

그러다가 툭 묻는다.

"광호는 어디에 있느냐?"

광호.

비사림주의 제자이자 작은 주인.

차기 림주로 내정이 된 자.

혈검군주의 눈동자 깊은 곳에서 스산한 혈기가 어렸다.

"두 가지 보고를 드릴 것이 있어서 찾아왔습니다. 그 중 하나가 광호에 관한 일입니다."

"광호에게 무슨 일이라도 생긴 것이더냐."

"개방의 용두방주에게 납치를 당했습니다."

콰아앙!

혈검군주가 선 땅 주변이 박살이 나기 시작했다.

손짓도 발짓도 없었다. 두 사람 모두 손가락 하나 까딱한 적이 없었다. 그럼에도 땅이 터지고 튕겨 나간 경력이 회랑의 벽을 부쉈다.

심인상인(心印傷人). 마음으로 무공을 구사하는 단계다.

백발노인, 비사림주의 입이 천천히 열렸다.

"납치?"

"그렇습니다."

"죽지는 않았다는 뜻이렷다?"

"그렇습니다."

"잡아오도록."

간단한 명령이었다. 혈검군주는 고개를 끄덕였다.

"물론입니다. 그리고 하나 더 보고할 일이 있습니다."

"무엇이냐."

"초혼방이 멸문지화를 당했습니다."

이번에는 어떠한 폭음도, 굉음도 없었다.

무서운 정적이 두 사람 사이를 메웠다. 혈검군주는

지금 자신의 형님이자 비사림의 주인이, 앞서 광호의 납치 건보다 훨씬 더 놀랐음을 깨달았다.

"초혼방이 멸문지화를 당해? 확실하더냐?"

"숱한 술사의 시신들이 중원 전역에 걸쳐 분포해 있답니다."

"혼주들은?"

"마찬가지입니다."

"혼주들까지 모두 목숨을 잃었다고?"

"그렇습니다. 하지만 한 가지 이상한 점이 있습니다."

"말하라."

"보고에 의하면 초혼방 술사들 전체가 하남으로 몰려들었다고 합니다. 세작으로 침투한 곳, 암중으로 사업을 일으키는 곳, 상단 등등 모든 곳에서 자신의 일을 내던지고 하남으로 달려들었답니다."

"……."

"이동 중에 죽어나간 술사들이 전체 숫자의 칠 할 이상이며, 대부분 하남 길목에서 목숨을 잃었다고 합니다. 하남에 이르러 죽임을 당한 시신들의 경우 고수와의 격전으로 죽었다고 사료됩니다."

비사림주의 손이 태사의의 손잡이를 콱 쥐었다.

콰득, 소리와 함께 손잡이가 부서졌다. 부서진 손잡이 안쪽으로 뾰족하고도 시커먼 손톱이 드러나 있었다.

"모든 술사들이 하남으로 모여들었다는 뜻인가?"

"그렇습니다. 초혼방 전체가 몰려들 만큼 큰 문제가 있었던 모양인데, 그 과정에서 대부분의 술사들이 목숨을 잃었습니다. 특히 실력이 처지는 술사들의 경우, 목표지에 도달하기도 전에 피를 토하며 죽어나갔다고 합니다."

"초혼신은 살아 있겠군."

"예?"

"초혼신은 살아 있어. 하지만 죽은 것과 진배가 없겠지."

혈검군주는 입을 열지 않았다. 아무래도 비사림주만이 아는 뭔가가 있는 모양이다.

비사림주는 고개를 끄덕였다.

새하얀 머리카락이 출렁였다.

"무신성은?"

"하남 숭산 지척이랍니다."

"하남으로 가라."

"하남 말씀이십니까?"

"그곳에서 술사들과 싸움을 벌인 고수를 찾아라. 그리고 죽여. 그에 연관된 모든 놈들을."

혈검군주의 눈에 혈광이 떠올랐다.

"모두 죽입니까?"

"그렇다. 그 미지의 고수는 물론 고수와 함께 술사들을 박살 냈다는 방수들까지 단 하나도 남김없이 모조리 척살해라. 그리고……."

"……."

"분명 그릇을 들고 달렸을 것이다."

"그릇이라 함은?"

"육신. 정신을 잃은 육신을 데리고 술사들의 공격을 피했을 것이다. 육신의 그릇, 바로 초혼신이 봉인된 그릇이 바로 그것이다. 초혼신은 죽지 않았어. 하지만 죽은 것과 진배가 없지. 그리 봉인을 당했으니. 그 육신의 목숨을 끊어놓아야 초혼신이 자유로워질 수 있다. 다른 모든 것은 실패해도, 초혼신이 들어찬 육신만큼은 무슨 수를 써서라도 파괴해야만 한다."

놀라운 이야기다. 혈검군주는 상당히 놀랐다.

비사림주는 확실하기라도 한 듯 말하고 있었다. 혈검

군주로서도 쉬이 믿기 힘든바, 그러나 비사림주의 지식은 크고 방대하여 마냥 불신할 수가 없었다.

"방수들이 많을 거라고 보십니까?"

"아무리 정신 나간 술사들의 공격이라도 사람 하나를 업고 그리 학살을 벌이긴 힘들지. 아마 꽤 많은 방수들이 존재할 것이다."

"그렇군요."

"그에 연관이 된 모든 작자들을 죽이면 된다. 최대한 빨리. 봉인된 초혼신의 영혼이 얼마나 버틸 수 있을는지 아무도 모른다. 아니, 그 이전에 놈들이 어떤 짓을 할지 알 수가 없어. 무슨 수를 써서라도 초혼신의 죽음은 막아야 한다."

"초혼신에 그리도 열성을 쏟으시는 이유가… 설마 광호 때문입니까?"

비사림주는 더 이상 그와 대화를 하지 않았다. 덜컥 멈추었다 싶더니, 다시 중얼거리기를 반복할 뿐이었다.

혈검군주는 눈을 가느다랗게 떴다.

비사림주이자 형님인 그는 모르고 있겠지만, 혈검군주는 이미 예전부터 비사림주의 목적을 알고 있었다.

비사림주는 죽음을 뛰어넘으려고 하고 있다.

진즉에 죽어 없어졌어야 할 육신과 영혼을 어떻게 해서든 붙잡고 있는 이유였다. 자신의 영혼, 육신과 가장 닮은 광호를 제자로 삼은 것도 이유가 있는 것이다.

광호의 영혼을 소멸시키고 그곳에 자신의 영혼을 집어넣는다.

어디 허무맹랑한 전설에서나 나올 법한 이야기지만 혈검군주는 그것이 불가능하지 않음을 알고 있었다. 물론 가능하다는 것만 알 뿐이지, 그조차도 그 방법은 모르고 있었다. 하기야 뉘라서 그런 방법을 알까.

초혼신이 중요한 이유가 그것이다.

비사림주는 초혼신이 이혼(移魂)의 대법을 펼칠 수 있다고 굳게 믿는 듯했다. 그래서 비사림주에게는 광호라는 그릇과, 초혼신이라는 조력자가 필요한 것이다.

혈검군주는 천천히 고개를 숙인 후 몸을 돌렸다.

다시 불길한 회랑으로 걸어나오는 그의 눈이 유독 차갑게 빛나고 있었다.

"그렇단 말이지."

어쨌든 초혼신은 죽지 않았다는 것.

어쨌든 광호는 죽지 않았다는 것.

광호는 구하고 초혼신이 들어찬 육신을 박살 내라.

'점점 뒤틀리고 있다.'

무신성은 숭산 비무대에서 한판 승부를 벌이려 한다.

대단한 주목력이다. 그리고 그 뒤에서, 초혼방과 비사림은 중원을 장악하기 시작할 것이다. 이미 준비의 태반은 끝내둔 상황이었다. 어렵지 않을 것이다.

모두가 정상이었다면.

한데 초혼방이 멸문지화를 당했고, 비사림은 이제 이름 모를 고수와 방수들을 죽이기 위해 총력을 기울여야만 한다.

'끝났군.'

전쟁은 끝났다.

무신성이 제아무리 대단한 집단이라 하더라도 중원 무림 전체와 싸울 수는 없다. 비무에서 이기든 지든 그들은 물러날 수밖에 없을 것이다.

수십 년을 중원을 도모키 위해 움직였거늘.

혈검군주는 더 이상 생각하기를 그만두었다.

결국 그들은 림주의 장기짝에 불과했다. 그가 이렇게 하라고 하면 그리 해야만 한다. 지금까지 쏟아부었던 열정, 세월도 필요가 없다. 비사림에서는 림주의 명령이 절대적이다.

초혼방과는 다른, 또 다른 의미의 신이 비사림주이기 때문이다.

"흑백(黑白)."

사라락.

그의 양옆으로 희고 검은 두 색깔의 안개가 홀연히 튀어나왔다.

"림의 전 마인들에게 전하라. 한 시진 이내에 전투 준비를 마치라고."

"……."

"하남으로 간다."

*　　*　　*

민비화의 두 눈에 금광이 일렁였다.

차를 마시다가 느닷없이 발현된 주신문법의 공부다. 육신 자체에 주문을 걸어 상단전의 신기(神氣)로 상중하 전체를 아우르고, 이내 극대화시키는 주신문법의 공부는 예지력(叡智力)을 구사함에 있어 천하제일이라 할 수 있는 술법 공부라 할 수 있었다.

스승을 만나고, 스스로 깨달음을 얻어 개화한 그녀.

술법의 성장은 곧 그녀의 성장이다. 그러나 아직 제대로 다스리지 못한 그녀에게 있어, 무심코 발현되는 주신문법은 가끔 당혹스럽기까지 했다.

“헉, 헉.”

순식간에 전신이 땀으로 젖는다.

백단화는 걱정스러운 기색으로 그녀의 이마를 닦아주었다.

“괜찮으세요, 소교주님?”

“네. 괜찮아요. 근데 지금…….”

“예?”

“아니, 아니에요. 잠깐 혼란스러워서요.”

민비화는 원하지 않을 때에도 발동되는 술법이 부담스러웠다. 그래서 수련하고 또 수련했지만, 지금은 아쉬워할 새도 없었다.

‘힘의 흐름.’

전조도 없이 발동된 주신문법의 신안은 거대한 흐름을 쫓았다.

그녀의 눈은 힘의 흐름을 쫓는다.

어느 쪽으로 힘의 흐름이 스며드는가.

작게는 무공이나 술법에서부터, 크게는 천하의 흐름까지도 잡아낸다. 당금 법왕교주 적송이 놀라운 정치력으로 교내를 완전하게 장악한 이유는 그와 같은 대단한 눈과 능력 덕분이었다.

"보았느냐."

언제 안으로 들어섰을까.

눈을 감고 스스로의 생각에 잠겨들던 민비화가 눈을 번쩍 떴다.

"사부님."

적송이 살짝 미소를 지었다.

"너도 어느새 그런 경지까지 발을 디뎠구나. 습득이 실로 빠르다. 이 사부는 너의 나이에 그 정도는 아니었지."

"불길한 흐름이 보였어요."

"또한 힘의 흐름이었겠지."

"맞아요."

적송은 탄식을 내뱉었다.

"천하 모든 흐름이 이곳으로 귀결되고 있다. 그렇지 않아도 불길한 천하 정세가 하남 숭산으로 몰리고 있어.

그것도 오래 걸리지 않을 것이다."

"그 불길한 흐름은 무엇이었죠?"

"그래. 아직 거기까지는 보이지 않는구나."

"……."

"비사림이다."

"비사림이요?"

"비사림이 총력을 기울이고 있다. 비사림의 모든 마인들이 이곳을 향해 달려오고 있어. 마치 무엇에라도 홀린 것마냥. 이건 초혼방과 같군."

민비화와 백단화는 고개를 갸웃거렸다.

초혼방과 같다고?

"아직 몰랐나 보구나. 초혼방의 대부분의 술사들이 목숨을 잃었다. 멸문지화라고 할 수 있겠군."

"네?!"

크게 놀라는 두 여인이다.

느닷없이 초혼방이 멸문지화를 당했다니, 이게 무슨 말인가.

적송이 빙긋 웃었다.

"네가 만났던 친구들, 대단한 자들이구나. 광룡왕 일행이 초혼신을 붙잡았다. 초혼방에서는 초혼신을 구하기 위해 방내의 모든 술사들을 파견했지. 광룡왕 일행이 그들을 전부 물리쳤다."

민비화의 눈에 경악이 떠올랐다.

"…그게 가능한가요?"

"글쎄다. 정확히 어떻게 벌어진 일인지는 이 사부도 세세하게 알기 어렵다. 하지만 드러난 결과는 명확하지. 그들만으로 초혼방이 박살이 난 셈이다."

사부의 신안을 무시하는 건 아니었지만, 민비화는 믿을 수가 없었다.

초혼방.

삼대마종 중 하나로 천하 최악의 술사들이 모였다는 단체다. 당장 법왕교, 비사림, 무신성과 같은 선상에서 언급되는 만큼 그 전력은 추측이 불가능하다.

그런 초혼방이 어찌 몇 사람만으로 멸문지화를 당할 수 있단 말인가?

당장 초혼신만 해도 강비는 일대일로 당해낼 수 없었을 것이다. 강비 일행이 누군지는 모르겠지만 그들 전체가 나서도 초혼신을 감당해 내기 힘들었을 것이다.

그런 초혼신을 잡고, 초혼방의 모든 전력까지 날려

버렸다니.

백단화는 감탄했다.

“뭔가 수를 쓰긴 했겠지만, 정말 대단해요. 지금까지 누구도 해내지 못한 위업을 달성한 셈이에요.”

온전한 무력으로 그들을 쓰러트릴 수 있는 사람은 세상 천지에 없다. 뭔가 함정이라도 판 모양이다.

그래도 대단한 건 대단한 거다. 초혼방은 저 옛날 황실에서도 뿌리를 끊지 못했던 집단이다. 그걸 몇 사람만으로 멸문지화시켜버린 것, 천하가 놀랄 일이다.

적송은 고개를 끄덕였다.

“아마 초혼신을 두고 뭔가를 했겠지.”

정확한 건 알 수 없다고 했지만 적송은 그들이 어떻게 초혼방을 무너뜨렸는지 잘 알고 있었다.

모를 수가 없었다. 주신문법의 모든 것을 자신의 것으로 소화한 그였기에, 집중만 한다면 어떤 사태가 벌어졌는지 낱낱이 캘 수 있었기 때문이다.

‘초혼신. 마혼주.’

적송의 눈이 살짝 가라앉았다.

만약 광룡왕 일행이 초혼신을 붙잡지 않았다면 영영 몰랐을 것이다. 초혼신을 구하기 위해 모든 술사들이 대거 파견되지 않았다면 아직까지도 그 기묘한 관계를 알아내지 못했을 것이다.

초혼신과 초혼방 소속 술사들은 전부 영적으로 연결이 되어 있었다.

초혼신이라는 거대한 나무 아래로, 숱한 뿌리들이 뻗어나감에, 그 뿌리들이 바로 술사들인 것이다. 초혼방은 초혼신이라는 망자와 망자의 팔다리들이 땅을 짚고 움직이는 거대 괴물이었던 것이다.

머리통을 휘어잡았으니, 뿌리들이 딸려오는 것도 당연한 일이다.

'그나저나 강비라고 했던가. 정말 놀라운 녀석이로군.'

그 초혼신과 맞상대가 가능할 줄은 상상도 못했다.

그 초혼신의 막강한 술법을 정면으로 격파할 줄은 상상도 못했다.

'차기 천하제일인이라는 건가.'

적송의 두 눈이 민비화의 그것처럼 찬란한 금광을 발했다. 민비화의 눈보다 훨씬 강렬하고 강한 빛이었다.

번쩍.

환상처럼 그려지는 광경.

한 자루 어두운 사모창을 든 채로 휘날리는 머리카락을 대충 흔드는 당당한 체격의 남자가 보였다. 왼손에는 술병을 쥐었고, 두 눈에는 나른함만이 그득하다. 허리춤에는 장검 한 자루까지 찼다. 독특한 남자였다.

그 옆으로 신비로운 기도를 마구 발산하는 아리따운 여성의 모습이 보였다. 화려하진 않지만 색의 배합이 잘된 비단 궁장을 입은 여성의 모습은 그야말로 선녀와 같았다.

그들 바로 뒤에는 팔짱을 낀 거대한 체구의 남자가 보였다. 거의 칠 척에 달하는 자, 강인하게 단련이 된 두 주먹이 믿을 수 없는 힘을 간직하고 있었다. 가히 천왕과 같은 남자였다.

강비 바로 옆에는 한 자루 신검을 허리춤에 찬 현현한 분위기의 청년이 있었다. 다른 셋보다 어려 보이지만 유순한 인상에 어울리지 않는 폭발적인 검기가 엿보인다. 천하 최고의 영웅검을 간직한 이, 구만리 창천을 날아다니는 대붕의 날개다.

네 사람의 절대고수들.

너무 개성이 뚜렷한 네 명이지만 함께 서자 그리 잘 어울릴 수가 없었다. 천하를 굽어보는 네 명의 절대고

수, 차후 천하 만민의 경배를 받을 차세대 무림 정점이 거기에 있었다.

"…사왕(四王)."

"네?"

"아니다."

적송은 가느다랗게 미소를 지었다.

민비화는 점차 힘의 흐름을 잡아가고 있지만 적송은 힘의 흐름을 온전하게 보는 걸 넘어서 운명의 흐름까지 점치는 경지에 올랐다.

'전쟁은 끝난다.'

빠른 시일 내로, 전쟁은 끝나게 될 것이다. 그것도 중원의 승리로.

그러나 많은 피를 흘리게 될 것이다.

깔끔한 승부는 존재하지 않는다. 그럴 수가 없었다. 분명 삼대마종이 뭔가 수를 쓸 것이 분명했다. 아직 거기까지는 읽히지 않지만.

그 피비린내 나는 전쟁의 가운데에는 네 명의 천재고수들이 주축이 될 것이다.

그리고 그들 뒤를 받쳐 주는 또 다른 주역들.

"화아야."

"네, 사부님."

"손님 맞을 준비를 해야겠다."

"네?"

적송의 입에서 허, 하는 감탄이 흘렀다.

"암천루라는 곳이 어떤 곳인지 이제야 알겠다. 어두운 하늘 아래 모인 음자(陰者)들의 집단. 하지만 그 음자들이 이리도 화가 났으니 과연……."

"무슨 말씀을 하고 계신지 모르겠어요."

"광룡왕 일행이 곧 도착할 것이다."

민비화와 백단화의 눈이 반짝였다.

적송은 가만히 하늘을 올려다보았다.

'싸움을 잘 치러야 할 텐데.'

흘러가는 난세의 격정이 끝을 향해 달리고 있었다.

'비사림.'

적송의 눈이 금광을 머금었다.

*　　　*　　　*

신회는 가볍게 호흡을 골랐다.

부드럽고도 차가운 겨울바람.

바람에 섞인 냄새가 무척이나 고아하다. 부처를 모시는 이들이 피우는 향의 냄새다.

그리고 그 향 못지않게 강인한 기세도 흘렀다.

"과연 중원 무림의 총본산이라 이건가."

감탄이 절로 나왔다.

숭산 소실봉, 소림사가 거하는 방향을 정확하게 잡아낼 수 있는 신회였다.

그곳에서 흐르는 기운은 실로 막강했다. 무신성보다 그 숫자가 많지는 않으나 보보마다 고수 아닌 이들이 없었다.

개중에는 무신성에서도 쉬이 찾아보기 힘든 고수들도 꽤 많이 확보하고 있었다. 신회의 눈이 가늘어졌다.

"중원 무림인들은 이렇게 말한다고 들었다. 천하공부출소림(天下工夫出少林)이라고. 천하의 모든 공부가 소림에서 나왔다는 게지."

감호의 눈썹이 꿈틀거렸다.

"오만하군요."

"오만이란 곧 강함의 다른 이름이다. 강한 자만이 오만할 수 있지. 이제야 알겠다. 왜 소림이 그토록 무림인들의 경배를 받는지. 정말 대단한 문파야. 감탄했어.”

감호가 다소 놀란 눈으로 신회를 바라보았다.

평생을 살며 진지하게 누굴 칭찬해 본 적이 몇 번 없는 스승이었다. 그런 스승이 소림사를 두고 크게 감탄하고 있었다. 어지간히 크게 감명을 받은 모양이다.

“하지만.”

신회의 눈이 빛났다.

“본성만은 못하군.”

당당한 자신감이 느껴진다.

“그래도 경시하긴 힘들겠어. 직접 만나지 않고서는 파악하기 힘든 기세들이 몇 보인다.”

“그렇군요.”

한 옆에 서서 시립해 있던 곽동산이 눈을 빛냈다.

“성주님.”

“들었네.”

누군가가 곽동산에게 전음을 구사한 걸 들었다는 것이다. 전음의 도청이다. 신의 이른 무력으로 모든 것을 파악하는 무신이었다.

“초혼방이 멸문지화를 당했다고?”

“…그렇습니다.”

감호의 눈이 경악으로 굳어졌다.

"초혼방이?!"

신회의 눈이 가늘어졌다.

'내 짐작이 맞았군.'

누군가가 초혼신을 붙잡은 것이다.

놀라운 일이다. 차라리 죽였으면 죽였지 붙잡는 건 더 어려운 일이라는 걸 신회는 모르지 않았다.

'누군지 몰라도 참으로 독하게 움직였어. 초혼신을 잡고 몰려오는 술사들을 모두 격파해 냈다는 건가.'

대단하다.

아무래도 화산무제나 소림신승 정도의 초월자가 나타난 모양이었다. 그런 작자들이 아니라면 설명할 수 없었다.

'또 다른 변수.'

머리가 지끈거린다.

그에게도 끊임없는 유혹이 있었다. 인간을 탈피하고자 하는 욕구였다. 그것은 깨달음에서 오는 바, 신회는 그 모든 유혹을 물리치고 인간으로 남기를 바랐다.

살아 있는 무신으로 남기를 바랐다.

하지만 그래서 알 수 있었다. 화산무제나 소림신승

정도라면 현세에 제대로 개입하지 않는다. 그도 그런 유혹을 받아보았기에 알 수 있다.

승천을 포기하고 땅 위의 절대자로 남은 사람. 그로 인해 번뜩이는 이지(理智)와 천지만물을 관통하는 신안(神眼)까지 포기한 사람, 그가 바로 신회였다.

'땅덩어리가 넓으니 인재들도 많다는 건가.'

세상에 무제나 신승 같은 사람이 또 있다는 사실이 묘하게 불쾌했다.

"이제는 정말 포기해야겠군."

"예?"

"초혼방이라는 전력을 제외해야겠어. 정말로."

모두의 얼굴이 굳어졌다.

초혼방을 전력에서 빼겠다.

뺄 수밖에 없는 상황이긴 하다. 멸문지화를 당했다는데 어쩔 것인가.

"사부님. 그럼 이번 비무가……."

신회는 하늘을 올려다보았다.

감호는 침을 한 번 삼키고 말했다.

"우리가 알았으니 저들도 곧 알게 될 겁니다. 초혼방의 멸문지화를. 그렇다면 저들이 이번 비무를 포기하지 않겠습니까?"

상대해야 할 전력 중 삼분지 일이 날아가 버렸다.

중원 측에서는 그야말로 자다가 돈벼락을 맞은 셈이다. 상대해야 할 적이 확 줄어들었으니, 굳이 비무로 운명을 건 한판 승부를 벌이지 않아도 될 것이다.

세작이고 뭐고를 떠나, 이제 힘으로 밀어버리면 된다. 다소 귀찮기야 하겠지만 도박을 하지 않아도 차근차근 상대하면 이번 전쟁에서 필승을 얻어낼 수 있다는 걸 중원 역시 깨닫게 될 것이다.

"그들은 비무를 포기하지 않을 것이다."

"……."

"놈들도 명예라는 걸 아는 작자들이다. 특히 소림은 천하제일의 문파라고 공공연히 인정되는 집단이다. 약조를 파기하지 않을 것이다. 이쪽의 전세가 어떻게 되느냐를 떠나 비무는 온전하게 개최될 거야."

"하지만……."

"그래. 그 뒤가 문제겠지."

신회의 눈에 기광이 떠올랐다.

"우리가 설령 이긴다 해도 저들이 막무가내로 밀고 들어오겠지. 말 그대로 힘 싸움이 될 것이다."

그리고 그 힘 싸움에서, 새외 무림은 이기지 못할 것이다.

세상에 어떤 큰 변수가 있어도 힘의 차이는 극복하지 못할 정도로 클 것이다.

수치상으로는 삼분지 일이지만, 그리 간단하게 볼 게 아니었다. 초혼방의 술법은 무척이나 기기묘묘해서, 암중의 활약이 천하 어떤 문파보다도 뛰어났고 광범위했고, 강렬했다.

초혼방이 멸문지화를 당한 순간부터 지금까지 이루어진 모든 계책, 지금까지 구상하고 있던 전략들까지 박살 난 거와 다름없다.

머리가 있어도 양팔이 잘려 나갔는데 뭘 어떻게 하겠는가.

"끝났군."

허탈하기까지 한 결말이었다.

감호는 이를 악물었고 곽동산은 눈을 부릅떴다.

어떠한 상황에서도 신회는 포기하지 않는 남자다. 그랬기에 무신성을 데리고 최초로 중원 무림과 한판 승부를 벌이려 했다.

감호는 고개를 저었다.

"해보지 않는 이상 모르는 것입니다. 당장 싸우지도 않고 패배를 자인하는 것만큼 비참한 일도 없는 법이라고 사부님께서는 말씀하신바 있습니다."

"그랬지."

"끝까지 밀고 나가야지요."

"그럴 작정이다."

감호의 눈이 반짝였다.

"그럴 작정이 아니었다면 중원으로 불러들이는 본성의 병력을 거두라 했겠지. 우리는 이대로 간다."

일생의 가치를 무도(武道)에 둔 남자.

역대 어떤 성주보다도 강한 야망을 품은 남자. 하지만 그 못지않게 무력을 신봉하는 남자.

그런 남자에게 포기는 어울리지 않는다.

훗날을 기약한다?

'개소리지.'

말은 좋다. 하지만 훗날을 기약한다는 것 자체가 패배를 자인하는 것이다. 일단 움직였으면, 어떻게든 박살을 내놓는다.

그것이 바로 무신성주의 삶이었고 무신성 소속 무인들의 삶이었다. 칼을 쥐고 움직였다면, 그 끝이 파멸일지라도 달려 나간다.

신회의 입가에 작은 미소가 떠올랐다.

자포자기의 미소라고 보기에는 꽤나 밝은 미소였다.

"억울해서라도 이대로는 못 물러나지. 그렇지 않은가, 흑호령주?"

"물론입니다."

곽동산의 입가에 패기 넘치는 미소가 떠올랐다.

오히려 이런저런 기책으로 중원을 삼키는 게 더 마음에 들지 않았던 곽동산이다. 차라리 죽음을 각오하고 신들린 칼질을 해 대는 게 그의 성정에 맞았다.

반면 감호는 한숨을 내쉬었다.

극에 이른 호승심 못지않게 큰 그림을 그리고 있었던 그이기에 아쉬움이 없을 수 없었다.

하지만 그마저도 극복해 낸다.

이미 성주가 결정을 내렸다. 그렇다면 그 길을 걷는다. 사부이자 성주의 명령이었고, 동시에 그 역시 감호가 원하는바였다.

"두 마리 토끼를 쥐고 가는 길이 좀 힘들기는 했습니다."

산뜻하게 인정하는 감호였다. 신회의 미소가 더욱 짙

어졌다.

"겨울에 할 말은 아니다만, 날씨도 좋지 않으냐? 한 판 멋들어진 비무를 벌이기에 참으로 좋은 날씨다."

신회의 눈이 강렬하게 빛났다.

"궁금하군. 소림 방장의 피는 어떤 색깔일지. 당대 소림 방장은 무공만큼이나 불성(佛性)도 뛰어나다고 하던데, 그 몸속에 정말 사리(舍利)가 나오기는 할는지 살펴봐야겠어."

*　　　*　　　*

등효는 피로 흠뻑 젖은 무혼조를 보며 입을 다물지 못했다.

그건 옥인도, 응급조치를 취한 이후 전투를 바라보던 벽란 역시 마찬가지였다.

무혼조는 강했다.

무공도 강했지만, 싸움에 있어서 천재들이 따로 없었다.

수많은 늑대 무리. 마랑이다. 흉악한 마기를 풍기는 도검불침의 마랑 칠백여 마리가 반 시진 내에 세상에서 소멸되는 광경은 장관이기까지 했다.

그 중심에는 진관호가 있었고 서문종신이 있었다.

그들은 마치 어떻게 움직여야 마랑들을 더 쉬이 박살 낼 수 있는지 완전하게 꿰고 있는 것 같았다. 이전에도 마랑과의 전투를 경험해 본 것처럼, 극히 효율적인 싸움을 이끌어갔다.

진관호는 반 시진을 언급했다.

칠백여 마리가 오십 마리로 줄어든 시간은 반 시진도 채 되지 않았다. 도대체 어떻게 이게 가능한 건지는 보고도 모르겠다.

"엄청나군."

그 한마디가 바로 이 싸움의 모든 것이었다.

특히나 등효의 눈이 빛났다.

진관호를 바라보는 그의 눈동자가 유독 번뜩였다.

'대단한 권법이야.'

한 번 후려치면 서너 마리의 마랑들의 몸이 박살 나고, 두 번 휘두르면 십여 마리가 통째로 날아다닌다. 그가 걸어가는 곳에 알아서 길이 생겨날 지경이었다.

딱히 기기묘묘한 투로로 주먹을 뻗지도 않았다.

치고 또 치는 주먹. 그 주먹에서 뿜어지는 경력이 무

지막지하다. 평범한 일권에 만근의 경력이 실렸다.

공력은 마르지 않는 샘이라도 되는 것 같았다. 저리도 위력적인 권법을 구사하는데도 한 점의 흔들림이 없었다. 오히려 권법을 구사하면서 더 강해지는 듯했다.

'권의 극의를 이룬 자다.'

단순히 공력이 막강하다고 저런 게 가능할 리 없다.

아는 것이다. 상대의 공격선, 이쪽에서 치고 들어가는 공격선 모두를 한눈에 파악해 내는 것이다. 거의 본능의 영역이었다.

허점이 보이면 일타를 날린다.

그 일타로 모든 것을 파괴하고 제압한다.

서문종신의 손이 마랑들을 휘저을 때마다 뼈마디가 뒤틀리고 피를 쏟아낸다. 진관호 못지않게 인상적인 수법들로 마랑들을 모조리 격살하는 것이다.

두 사람이서 족히 마랑 병력의 삼분지 이를 해치워냈다.

그것도 도검불침의 마랑들을.

끼이잉.

절대로 물러서지 않는 마의 맹수들이 슬슬 뒷걸음질을 치기 시작했다. 마에 홀려 살의에 몸을 실은 짐승들이라도 질리지 않을 수 없는 것이다.

무신 두 명의 이루어낸 파괴의 현장 사이로 절묘하게 들어오는 세 고수들의 합공은 금성철벽과 같았고 성문을 허무는 공성추와 같았다.

남은 마랑이 어느새 오십도 남지 않았다.

"헉헉."

진관호와 서문종신을 제외한 세 고수들의 호흡이 격해졌다.

하지만 그럼에도 눈동자에는 흔들림이 없었다. 끝까지 마랑들을 향해 살기를 뿜어낸다. 팔다리가 잘려 나가도 공격할 기세였다.

크왕!

겁을 집어먹었지만, 그래도 덤벼드는 마랑이다.

공포에 휩싸여도 마를 따르는 짐승들이었다.

"유소화. 첨단부를 끊어."

몸 여기저기에서 피를 흘리는 유소화. 내상도 상당히 심하다.

그럼에도 그녀에게 임무를 내리고, 임무를 받은 유소화 역시 기다렸다는 듯 쌍도를 휘둘러 댔다.

파아악!

거대한 늑대 두 마리가 그 자리에서 분쇄되었다. 놀라운 도법이었다. 도검불침이라는 말이 무색하게도, 마랑들은 너무도 쉽게 토막 나 죽어버렸다.

"하일상이 뒤를 받쳐. 이운은 내부로 침투한다."

유소화의 뒤에서 하일상이 든든하게 받쳐주고, 그 사이로 이운이 혀를 내두를 은신술로 파고든다. 마랑들조차도 이운의 은신술을 파악해 내지 못하고 있었다.

그리고 그 주변을, 오직 두 명이서 에워쌌다.

효과적인 전술이라고 보기에는 의문이 일지만, 그것이 무혼조이기에 효과적일 수밖에 없는 전술이었다.

마지막 마랑이 세상에서 지워지기까지 걸린 시간이 딱 반 시진이었다.

헤아리기 어려운 짐승들의 시신에, 자욱하게 올라오는 역한 피 냄새는 머리를 다 어지럽게 한다.

피 냄새에 마기가 섞여 올라온다.

"어르신."

"알겠네."

진관호와 서문종신이 손을 뻗어 진기를 폭발시켰다.

파아아앙!

정종, 정도의 심법을 구사하는 둘이다. 특히 진관호의

무공은 중원 선도(仙道)의 맥을 잇는 도가의 신공이라, 마기를 잠재우고 소멸시키는 데에 큰 힘을 발휘했다.

후속 대처까지 완벽하다.

"헉헉. 아이고, 죽겠다."

하일상과 유소화가 벌렁 주저앉았다. 아무리 무혼조라도 이 정도 큰 전투를 벌이는데 지치지 않을 수 없었던 것이다.

이운은 그나마 나아 보였다. 몸은 피투성이가 되었지만 여유롭게 검신을 닦아내는 모습이 허허롭기만 했다.

"모두 올라와."

언제 거기까지 왔을까.

전투 지역에서 한참 벗어난 지역, 강비 일행이 있는 곳에 나타난 두 무신이었다.

진관호는 무혼조 세 사람에게 작은 단약을 하나씩 던졌다.

"먹고 운기조식해라. 한 시진 후에 이곳을 벗어난다."

척하면 척이다. 이운과 하일상, 유소화는 진관호가 주는 단약을 섭취하고 곧바로 운기조식에 들어갔다.

서문종신이 벽란에게 다가갔다.

"비아는 좀 어떻더냐?"

"여전히 위험하죠. 하지만 목숨줄은 잡았어요. 이대로 회복을 한다면 이틀 내에 정신을 차릴 것 같아요. 아마 강 공자의 체력이라면 더 빨리 정신을 차릴 수도 있겠죠."

서문종신은 혀를 내둘렀다.

"여전히 체력이 좋은 놈이군."

오장이 뒤틀리고 등에 무시무시한 상처까지 입었음에도, 이대로라면 곧 정신을 차리겠다는 것이다. 기가 막히는 놈이었다.

진관호가 살짝 미소를 지었다.

"아직 젊잖습니까? 한창 좋을 때지요."

마랑들을 격파하고 강비의 상태도 위급 상황을 벗어났다는 걸 알자 한결 편안해진 얼굴이었다. 이전, 폭발적인 무공으로 마랑을 학살했을 때와 완전히 달랐다.

"그나저나, 이놈은 뭐야? 안에다가 똥 무더기를 채워 놓았는데?"

서문종신이 가리킨 것은 남궁표였다.

똥 무더기란 곧 초혼신을 두고 하는 말일 것이다.

"초혼신, 초혼방주를 봉인해 놓았어요."

진관호와 서문종신의 눈이 굳어졌다.

뭐가 이상하다고는 생각했지만 설마 초혼방주씩이나 되는 존재를 봉인시켜 놓았을 줄이야 상상도 못한 것이다.

"초혼방의 술사들이 몰려온 게 그럼……."

"맞아요."

진관호가 팔짱을 끼었다.

"지 방주가 봉인당했다고 개떼처럼 밀고 들어오는 꼴이라니. 생각보다 신의가 있는 족속들이란 말인가?"

벽란은 두 사람에게 초혼방의 비밀을 알려주었다.

서문종신의 눈썹이 꿈틀거렸다.

"하면 너희들이 위험을 자초한 꼴 아니더냐?"

벽란은 고개를 푹 숙였다. 할 말이 없었다.

진관호가 고개를 저었다.

"그렇게 볼 게 아닙니다, 어르신. 지금이 아니라면 언제 초혼방주를 잡을 수 있을지 모르는 거 아니겠습니까. 기회가 왔으면 잡아야지요."

"그깟 거 우리랑 무슨 상관이야? 루주, 그 사이에 대협이 다 되었구만."

"물론 우리와 상관은 없지요."

서문종신의 눈이 번쩍였다.

"이제 날아다니려고?"

진관호는 답하지 않았다. 그저 뒷짐을 쥔 채, 하늘을 바라볼 뿐이었다.

비천(秘天)의 신이라 불리던 그가 이제는 비천(飛天)하려 한다. 모든 것을 훌훌 털어버리려는 그다.

"아직 어떻게 될는지 모르겠습니다. 할 수 있다면 암천루를 살리고 싶습니다."

"하지만 참지 않겠다?"

"참지 않겠습니다."

그의 의지가 느껴지는 한마디였다.

서문종신이 어깨를 으쓱였다.

"뭐, 내 월급이나 까먹지 말고 주게."

"이제는 상사와 직원이 아닌데요?"

"그거야 그쪽 사정이고. 노동에 따른 급여 지불을 안 하면 이쪽에서 엎어주는 수밖에 없지."

여유가 있으니 농담도 나온다. 진관호는 미소를 지었다.

"이제껏 해주신 일에 따른 대금 지불, 확실하게 해드리겠습니다."

"그래야지."

서문종신의 손이 펄럭였다.

웅혼한 진기가 옥인과 등효의 몸을 감쌌다.

놀라는 표정의 둘.

"너희도 어서 체력을 회복해라. 한 시진 후에 이곳을 뜰 거다. 바로 숭산으로 달려갈 거야."

두 사람은 조금의 불만도 없이 바로 운기조식에 들어갔다.

"란아는 괜찮으냐?"

벽란은 고개를 끄덕였다.

"큰 부상은 없어요. 알아서 회복할 겁니다."

"그래. 어쨌든 수고 많았다."

"아니에요. 이분들에게 초혼신을 잡겠다고 떼장을 부린 사람이 저인걸요. 오히려 죄송할 뿐이에요."

서문종신은 콧방귀를 뀌었다.

"어차피 저 녀석들도 아니다 싶으면 허락 안 했을 놈들 아니더냐. 다 같이 의지를 모아서 일을 저질렀으니, 미안할 것도 없다. 어쨌든 수습도 잘 되었으니까."

퉁명스러운 말투였지만 그것이 위로라는 것을 안다. 벽란은 고개를 숙였다.

"그나저나, 눈 뜨고 다니니까 보기 좋군."

진관호도 동의했다.

"예쁘시군요."

벽란은 당황했다.

"아니에요."

서문종신이 턱으로 남궁표를 가리켰다.

"저 안에 진득하니 앉아 있는 똥 무더기는 어떻게 처리할 거냐? 없애려면 진즉 없앴을 것 같은데, 시간이 필요한 거냐?"

"네. 강 공자가 일어나야 초혼신을 완전하게 소멸시킬 수 있죠."

"비아가? 왜? 그러고 보니 초혼신을 어떻게……."

진관호가 고개를 끄덕였다.

"비아가 잡았군요."

"맞아요."

서문종신은 강비의 육신을 살폈다.

여전히 정신을 잃고 있지만, 내부에 숨 쉬고 있는 호천패왕신공의 기운을 확실하게 읽을 수 있었다.

"놀랍군. 언제 또 저렇게 성장을 한 건가."

벽란이라고 그걸 알 수는 없었다. 다만 강비야말로 초혼신의 천적이라는 것만 깨달았을 뿐이다.

그 과정에서 진기가 크게 일어, 강비 자체를 크게 성장시켰다. 초혼신을 상대했을 때와 같이 절대적인 무공을 구사하진 못하겠지만, 일전의 그보다 몇 단계 더 성장했을 것이 분명했다.

"너무 빨리 강해지는군. 강해지는 거야 좋지만, 그만큼 잃는 것도 많겠지."

"나중에 어르신이 좀 손봐주십시오."

"손보기는 뭘 손봐. 지가 알아서 하겠지. 이제는 무서워서 손도 못 대겠어."

진관호가 미소를 지었다.

"정말 천의(天意)라는 게 있는 모양입니다."

강비의 성장을 보면, 정말 하늘이 사람에게 힘을 준 이유가 있는 모양이었다. 설마 강비의 손에 초혼방주가 작살이 날 줄 누가 알았겠는가.

"그리고 어르신."

"왜 그러나."

"비사림과 무신성이 움직였답니다."

비선의 전음을 들은 진관호였다. 서문종신 역시 그 기색은 느꼈기에 고개를 끄덕였다.

"우리와 상관이 있나?"

"크게 상관은 없겠지요. 하지만 저쪽에서는 그렇게 생각하지 않을 겁니다."

"비사림?"

무신성에서는 첫 비무의 출연자가 누군지 알고 있을 것이다. 아무리 막 나가는 무신성이라도 무도에 미친 귀신들인만큼 먼저 이쪽을 치려 하진 않을 것이다.

원래 맛있는 음식은 나중에 먹으려고 아껴두는 법이다.

"그렇습니다. 움직이는 경로로 볼 때 비아 일행을 노리려는 듯합니다."

"힘은?"

"총력입니다."

서문종신이 나직이 투덜거렸다.

"이것들이 이제 막 나가자는 거야 뭐야."

초혼방이야 이쪽에서 우두머리를 잡은 이유가 있다지만, 비사림은 또 왜 작정하고 움직이는지 모르겠다. 게다가 이쪽을 노리고 움직인다 하지 않은가.

"중원 무림과 한판 승부를 벌이려 하는 이들입니다만, 상황이 여의치 않습니다. 초혼방의 사건을 저들도 알고 있겠지요. 그들이 움직이는 이유는 모르겠지만 초혼방이 박살 난 순간부터 저들은 진 거나 다름이 없습니다."

"그렇겠지. 한 축이 무너졌으니까."

"한 축 정도가 아닙니다. 초혼방은 술사들의 집단입

니다. 무인들이 해낼 수 없는 온갖 기기묘묘한 수를 동원할 수 있지요. 세작을 심는 데에 많은 도움이 되었을 것이고 자체적으로도 인력을 동원했을 겁니다."

"전세가 완전히 뒤집어졌구먼."

"그렇습니다. 이전이었다면 모르겠지만 지금 비사림이 마인들을 총동원해서 우리를 잡겠다고 하는 것, 놀랍긴 하지만 그렇다고 크게 놀랄 일도 아닙니다. 그들도 이미 졌다는 걸 알고 있으니까요."

"그게 더 문제지. 졌다는 걸 알면서도 이리 몰려올 정도라면……."

진관호의 표정이 어두워졌다.

"그렇습니다. 얻어야 할 것을 얻지 못했으니 곁다리라도 뜯어내겠다, 이런 의도입니다. 우리에게 어느 정도의 원한이 있는지는 모르겠습니다만, 분명 감당하기 힘든 존재들이 몰려오겠지요."

서문종신이 휘파람을 불어 댔다.

"얼른 숭산으로 도망가야겠군."

농담처럼 말하지만 실상 그것이 곧 그들의 처지였다. 초혼방 술사들은 초혼신 때문에 제멋대로 죽어나갔지만 비사림은 그러지 않을 것이다.

아찔할 정도의 병력이다.

설령 숭산에 도착을 한다 해도 방도가 생길 것 같지는 않았다. 구파일방의 장문인들이 대거 집결하지 않은 이상은 비사림의 칠군주들을 제대로 막기 어려울 것이다. 게다가 그들에게는 아직 보여주지 않은 패, 비사림주도 존재하지 않던가.

"림주는?"

"그것까지는 모르겠습니다. 아무래도 자리를 지키지 않을까 생각합니다만."

추측이다. 확신이 아니라면 비사림주라는 병력까지 상정해야만 한다.

서문종신이 빙긋 웃었다.

"어쨌든 이번 숭산 비무대에서 큰 사건 하나 벌어지겠군."

"그렇겠지요."

"우리는 어떻게 할까?"

"상관없습니다."

"무슨 뜻이야?"

"우리를 건드리는 순간 다 박살 내면 됩니다."

무척이나 호전적인 어조였다. 동시에 진심이 가득 느

껴지는 말이었다.

이전의 그가 아니었다. 몸을 사리던 진관호가 아니었다.

다가오는 모든 것을 박살 내겠다. 그는 지금 그리 말하고 있었다.

"하지만……."

"아무래도 저쪽과 붙겠지요."

비사림과 무신성.

"어쨌든 중원 무림과 함께 해야 할 처지라는 게지."

"그렇습니다. 적어도 지금 이 순간만큼은 저희에게 이빨을 드러내지 않겠지요."

"아예 건드리지 않을까?"

"아예 건드리지 않을 겁니다."

"이유는? 황보 그놈은 모르겠지만 아직 천의맹 수뇌측은 본루에 대해서 정확한 판단을 내리지 못할 텐데. 일개 살수 집단으로 치부할 수도 있어. 그렇다면 언제든 해치울 수 있다고 생각할 테지."

구파일방 오대세가에 대한 인상이 영 좋지 않은 서문종신이었다. 실상 황보세가의 가주와 친분을 나눈 것 자체가 그에게는 파격일 따름이었다.

진관호는 고개를 저었다.

"다른 이유 때문에 저들은 우리를 건드릴 수 없습니다."
"그 이유가 뭐냐는 거지."
"강비 덕분이지요."
서문종신은 뜻밖이라는 눈으로 강비를 바라보다가 살짝 미소를 지었다.
"그렇겠군."
강비, 광룡왕의 이름은 천하를 위진시키는 중이다.
천랑군주를 격파했고 철마신을 죽였다. 암암리에는 무신성의 흑호령주까지 격퇴시켰다는 소문이 도는 와중이었다.
실상 중원 무림 측에서 볼 때, 삼대마종을 물리치는 데에 강비만큼 혁혁한 공을 세운 무인이 또 없다.
한데 이제는 강비와 그 일행이 초혼방까지 궤멸을 시켜 버렸다. 이유야 어찌되었든 결과가 그렇다.
이 소문이 세상으로 퍼지면 어떻게 될까?
"저쪽에서 소문을 조작할 가능성은 없을까? 천의맹 놈들 쓸데없이 자존심만 세잖아. 질투 좀 할 것 같은데."
"걱정하지 마십시오. 바로 연통을 넣었습니다. 개방이 알아서 뿌려줄 겁니다."
천하에서 개방을 넘볼 수 있는 정보 조직은 거의 없

다. 천의맹에서는 아예 없다 해도 과언이 아니리라.

아무리 화가 나서 뛰쳐나왔다고는 하지만 진관호의 일 처리에는 막힘이 없었다. 전세를 파악하는 눈이 극히 뛰어났다.

"이제 크게 한 번 싸울 일만 남았군."

비사림과의 싸움이다.

싸움이 될 수 있을는지 모르겠지만 어쨌든 서로 칼을 맞대어야 할 사이인 것이다.

진관호가 살짝 미소를 지었다.

"그것에 관해서도 드릴 말씀이 있습니다."

"뭔데?"

"어쩌면 우리가 격하게 싸울 일은 없을지도 모릅니다."

서문종신이 의아한 눈으로 진관호를 바라보았다.

악동의 그것처럼 빛나는 그의 눈동자.

그 눈이 희미하게 웃고 있었다.

* * *

"후속 부대는?"

"두 시진 차이입니다. 조만간 본대를 따라잡을 겁니

다.”

“속도를 더 올리라고 연통을 넣어. 최소 반 시진 내로 따라잡도록.”

“알겠습니다.”

딱딱한 대화였지만 군기가 바짝 든 대화이기도 했다.

사문당(査門棠)은 내공까지 끌어 올려 크게 외쳤다.

“모두 힘을 내라. 우회하는 비사림과 조우할 것이다. 하루는 체력을 보존하고 하루는 함정을 깔아둔다. 아무리 늦어도 비사림이 도달하기 이틀 전까지는 그곳에 진을 치고 있어야 한다는 얘기다. 우리는 비사림을 최소 절반, 최대 섬멸을 목표에 두고 움직이도록 한다. 그에 대한 어떠한 이견도 용납하지 않는다.”

돌아오는 대답은 없었다.

하지만 모두가 눈을 번쩍이며 사문당의 말을 완전히 수용하고 있었다.

사문당이 내려다보는 야산의 아래.

그곳에는 이천에 달하는 법왕교의 병력들이 질서정연하게 시립해 있었다. 중원 어떤 세력도 단독으로 모으기 힘든 숫자였다. 심지어는 완전히 다 모은 것도 아니었다.

법왕교의 모든 무인들과 모든 부대들이 앞을 다투고

도달한 와중.

법왕교의 대장로이자 교주 휘하, 최강의 무인이라는 법신(法神) 사문당이 부대를 이끌고 남하하고 있었다.

강비 일행이 초혼방을 초토화시키고.

비사림이 강비 일행을 섬멸하기 위해 전 병력을 이끌고 오며.

무신성이 강북으로 남은 병력들을 이끌고 있는 상황에서.

법왕교는 비사림을 섬멸키 위해 모든 준비를 가동하고 있었다.

일전 사대마종이라는 이름으로 함께 했던 그들이 폭발적인 혼란을 겪고 있었다.

분열은 무척이나 빠르게 일어났고 전투는 극을 향해 치닫고 있었다.

*　　　　*　　　　*

"연락이 왔습니다."

위진양의 눈이 빛났다.

"어떻게 한대?"

"인질을 교환하는 데에 동의했습니다. 그쪽에서는 일전 방주님과 한판 붙었던 유령군주가 후개를 대동하고 오겠다 합니다."

"그래? 혼자?"

"아닙니다. 아무래도 혼자 오기에는 부담스럽겠지요. 오십여 병력을 이끌고 온답니다. 장소는 숭산 인근입니다. 따로 수를 쓰지 못하도록 그때그때 상황을 알리겠다고 합니다."

위진양은 피식 웃었다.

"머리 좀 쓰는군. 알았어. 광호 그놈 준비시켜 놔."

"알겠습니다."

위진양이 살짝 깍지를 꼈다.

'생각보다 훨씬 순순히 응하는데?'

솔직히 이렇게까지 옳다구나, 응할 줄은 몰랐다.

그간 비사림의 행보와는 전혀 맞지 않는다. 제아무리 차기 림주라 해도 저들은 마인들이었다. 군주들과 마인들을 운용한 전투를 분석해 본 결과, 저들은 자를 때 확실하게 잘라내는 이들이었다.

그럼에도 광호는 포기하지 않겠다는 뜻.

'비사림에서 포기하지 않을 정도로 귀한 인물이시

라…….'

실상 강비를 보고 민비화를 보고 백단화를 보았건 그에게 있어서, 광호는 그리 대단한 인재라고 볼 수 없었다. 물론 광호 역시 그 나이대에 생각하기 힘든 무력을 갖추고 있었지만 다른 천재들에 비할 바가 아니었다.

찾아본다면 훨씬 대단한 인재들을 수용할 수도 있었을 터인데.

'뭔가 있어.'

광호가 저들에게 중요한 이유.

림의 작은 주인이라는 이유 이외에, 뭔가가 더 있을 것이다. 직감에 가까웠다.

'불안하군. 아무래도 제대로 준비해야겠어.'

광호도 광호지만 유령군주가 오십의 병력을 이끌고 온다는 것도 이상하다.

저들에게 광호가 중요한 존재라는 건 알겠다. 하지만 그런 중요 인질을 교환하러 오는 길에 딸랑 유령군주와 오십 병력만을 이끌고 온다?

'일 한 번 터질 것 같군.'

수가 대담하지도 않지만 뻔하지도 않다. 어중간한 대처다. 그래서 무슨 일이 일어날 것인지 추측하기가 쉽지 않았다.

'설마 하니 자폭을 하려는 생각은 아닐 터이고.'

위진양의 눈이 빛났다.

머리가 재빠르게 돌아가기 시작한다. 하지만 아무리 생각을 거듭해도 잘 모르겠다.

그에 대한 정보가 하나도 없기 때문이다.

추측만으로 모든 것을 파악하기에는 한계가 있는 법이다.

'저놈들은 인질을 구하려 함과 동시에, 나를 부르고 있다.'

서신으로 언급하지 않았지만 유령군주를 보낸 것만으로 그 뜻을 밝힌 셈이다.

비사림에서는 위진양을 부르고 있었다.

유령군주를 보냄으로써, 그와 한 번 전투를 벌였던 위진양을 인질 교환의 중추로 끌어들이는 것이다.

위화감이 느껴졌다.

'일단은 부딪친다.'

결단은 내려졌다.

*　　　*　　　*

숭산에는 생각보다 훨씬 대단한 위인들이 모였다.

많은 숫자는 아니지만, 한 명 한 명의 기세들이 출중하다. 느껴지는 무력이나 발산되는 위엄을 보건대, 적어도 한 지역에서도 난다 긴다 하는 작자들이 모인 것 같았다.

비무가 벌어지기 사흘 전.

그전에 뭔가 회의라도 하는 모양이었다.

진관호의 눈이 반짝였다.

"자, 우리도 가자."

일행 전부를 이끌고 마침내 숭산으로 모여든 암천루 조직원들이었다.

2.
비무개최(比武開催)

"몸은 괜찮으냐?"

광무의 얼굴은 언제나 인자했다.

조금은 냉정하고 조금은 딱딱한 얼굴이지만, 강비의 눈은 그 너머의 온정을 느낄 수 있었다. 그래서 스승의 얼굴은 인자했다.

"괜찮습니다."

"마치 그때와 같구나."

"그때라니요?"

"네가 소수 정예를 이끌고 침투했던 그때 말이다."

강비의 눈이 흐려졌다.

스승의 도움으로 겨우 살아났던 때가 기억났다. 어떻게든 적병들의 공세에서 버텨냈지만 그대로 정신을 잃었더랬다.

깨어나 보니 침상 옆에는 스승이 계셨다.

지금처럼, 언제나와 같은 얼굴로 제자를 내려다보고 계셨다.

“사부님 덕택에 살았지요.”

“그랬지.”

“지금도요.”

“사부 잘 만난 줄 알거라.”

웃음이 나왔다.

“많이 컸구나.”

느닷없이 하시는 말씀에 대견함이 가득했다. 강비는 순수하게 웃었다. 비록 함께한 지 몇 년 되지는 않았지만, 언제나 잊지 않았던 스승의 얼굴이었다.

“하늘이 사람에게 힘을 준 데에는 이유가 있다고 하였다.”

“제 힘은 하늘이 준 것이 아니라 사부님께서 주셨습니다.”

“그렇다면 하늘이 나와 너를 만나게 해준 것이겠지.”

강비는 고개를 저었다.

"제게는 사부님이 곧 하늘입니다."

그것이 곧 강비의 진심이었다.

언제나 마음을 다독여주고, 흔들리지 않도록 단단하게 잡아준 사람.

스승은 곧 부모와 같다.

"그런 말도 할 줄 알고, 많이 컸구나."

"사부님. 왜 그러셨습니까?"

강비의 눈이 슬픔으로 물들었다.

나중에서야 알았다. 자신의 목숨을 살리기 위해, 스승께서는 본인의 생명까지 불사르셨다는 것을. 생명의 원천인 원정까지 깨트리셨다는 것을 나중에서야 알았다.

살아 계시다면 꼭 묻고 싶었다.

너무나도 감사하지만, 또한 원망스러웠다. 부모와 같은 스승이었기에, 자신 때문에 당신께서 희생하신 것이 슬프고도 슬펐다.

광무는 미소를 지었다.

딱딱한 얼굴에 어울리지 않았지만 강비의 눈에는 어떤 미소보다도 찬란한 미소였다.

"제자를 위해 목숨 하나 바치는 것이 무에 그리 큰일

이라고."

"그래도, 그래서는 안 되는 일이었습니다."

"그래야만 하는 일이었다."

광무의 늙고 거친 손이 강비의 머리에 닿았다.

"비아야."

"예."

"강해지거라."

"……."

"온갖 세파에서도 이겨낼 수 있을 만큼 강해져야 한다. 세상은 녹록치 않아. 아무리 너 자신이 올곧아도 언제나 너를 휩쓸 수 있을 만큼 지독한 게 또 세상이라는 것이다. 사람들은 그래서 지치는 것이고, 그래서 주저앉는 것이다."

누구보다도 거칠고 힘든 생을 살았던 광무이기에, 듣는 사람은 수용할 수밖에 없는 말이었다.

"하지만."

"……."

"세상이란 또한, 네가 살아가는 놀이터와 다를 바가 없다. 강함이란 곧 옳고 그름을 판별할 줄 아는 눈이며 지혜다. 온전한 강함을 손아귀에 쥐고 세상을 살아가면,

그토록 신명 난 인생이 또 없는 법이지."

"명심하겠습니다."

결국 이리 나타나서도 가르침을 주는 분이었다. 그래서 존경하는 분이었다.

"자, 이제는 나도 쉬러 가야겠다."

"사부님."

"비아야."

"예."

"내 인생에 너를 만난 것은, 하늘의 축복과 같았다. 너는 나의 분신이라 할 수 없지만 내가 죽어서도 아끼는 제자다."

"사부님……."

"네 덕분에 나의 영혼이 안식을 얻는다."

강비의 눈에 습기가 찼다.

그는 이제야 비로소 스승을 보내드려야 할 때가 왔다는 걸 깨달았다. 언제나 마음 속으로 짐을 지고 있는 기분이었다. 그 사람이 스승이었기에 더욱 괴로워했다.

이제는 그런 스승을 떠나보낸다.

눈앞의 스승은 진실된 스승이지만 또한 강비 스스로가 불러낸 그 자신의 마음이라는 것을 알았다.

언제나 기억될 분이지만, 짐을 덜어낼 때가 온 것이다. 무거운 짐에서 해방될 때가 온 것이다.

온전한 그 자신을 이룰 때가 온 것이다.

강비는 그 자리에서 절을 올렸다.

일배, 이배, 정성을 다한다. 한 번의 절에 감사움을 담고, 한 번의 절에 그리움을 담는다.

아홉 번의 절을 끝내고 일어난 강비의 눈에는 뜨거운 눈물이 떨어지고 있었다.

"그곳에서는 부디 편히 지내시길 바랍니다."

"오냐."

광무는 뒷짐을 진 채로 그렇게 사라졌다.

강비의 마음에 걸린, 무엇보다도 크고 단단하던 족쇄 하나가 파삭, 끊어졌다.

"강 공자?"

아릿한 목소리가 귀를 울렸다.

어디선가 많이 들어본 목소리였다. 걱정이 가득 묻어나오는 목소리는 듣기만 해도 마음이 편안해졌다.

"강 공자? 정신이 들어요?"

강비는 손에 떨어진 족쇄를 바닥에 놓았다.

철컹 소리가 나는 것 같았다.

"강 공자?!"

*　　　　*　　　　*

강비의 눈꺼풀이 파르르 떨렸다.

"강 공자? 정신이 드나요?"

"…벽란."

다 쉬어버린 목소리는 애처롭기까지 했다.

그러나 벽란의 얼굴은 밝았다.

"정신이 드셨군요."

"여긴 어디야?"

초점조차 잘 잡히지 않는다. 하지만 그의 내부를 돌며 박동하고 있는 패왕기는 순식간에 강비의 정신과 육체를 정상으로 되돌리고 있었다.

강비의 동공에 미세한 적광이 흘러나왔다.

"크윽."

감각이 살아나니 고통도 배가된다. 그의 몸이 벌벌 떨렸다.

"움직이면 안 돼요. 아직 상처가 낫지 않았어요."

그러고 보니 누워 있는 게 아니라 엎드려 있다. 한쪽

으로 쏠린 목이 뻐근했다.

콜록콜록, 몇 번의 기침을 하니, 등이 찢어질 것 같았다.

패왕기가 끊임없이 순환한다. 정신이 잡히자 고통도 그런 대로 참을 만했다.

벽란이 웃으며 말했다.

"정말 체력 하나는 못 말릴 정도로 강하군요."

"정신을 잃은 지 얼마나 됐지?"

"하루 하고도 반이 채 되질 않았어요."

어쩐지 주변이 밝았다. 낮인 것 같았다.

"여긴 어디야?"

"숭산이에요."

"숭산? 도착한 건가?"

"네. 암천루 무혼조 무사들 덕분이에요."

강비의 눈이 번뜩였다.

그리 부상을 당한 와중에도 눈빛 하나만큼은 강렬하기 짝이 없다. 오히려 통제되지 않은 기운이 바깥으로 흘러나오는데, 그 기운이 무시무시했다.

벽란은 내심 크게 놀랐다.

초혼신과의 겨룸으로 신공 자체가 반발을 일으키며

그 크기를 불려 나갔다는 걸 모르지 않았다. 하지만 이 정도로 대단한 성장을 이뤄냈을 줄이야 상상도 못했다.

하긴 술사들을 막아낼 때도 대단했지만.

'이 정도면 서문 어르신에 필적하지 않을까?'

강비 정도의 재능이라면 분명 짧은 시간에 큰 성장을 이뤄낼 수 있다고 생각했지만 이건 정말이지 규격외다.

"그렇군. 기억이 나. 이운이 왔었지."

"이 무사님뿐만이 아니라 유 언니, 하 무사님도 오셨어요. 물론 서문 어르신까지요."

"유소화를 언니라고 부르는 모양이지?"

"네. 어떻게 하다 보니."

아마 강제로 의자매를 맺었을 것이 틀림없다.

"끄응."

"일어나시면 안 돼요."

"괜찮아. 나 좀 부축해줘."

그가 괜찮다면 정말 괜찮을 것이다. 벽란은 어쩔 수 없다는 듯 강비를 부축했다.

"휴. 일어나니 좀 살겠군."

몸 여기저기가 뻐근했다. 패왕기가 근육을 풀어주고 내부의 안정을 이뤄냈지만 뼈마디가 시큰한 느낌은 사라지지 않았다.

"물 좀."

"여기요."

물을 마시며 주변을 천천히 둘러보니 나름 잘 지어진 막사 안이었다. 필요한 것들만 딱딱 채워놨지만 제법 포근했다.

"등 형이랑 옥인은?"

"한쪽에서 쉬고 계세요. 하긴, 쉰다기보다는 수련에 가깝지만요."

"수련? 둘이서?"

"네. 무혼조 무사님들이랑 함께 비무를 하고 있어요."

"무혼조가 크게 혼 좀 나겠군."

"그것도 아닌 걸요. 등 대협과 옥인 도사의 힘은 분명 대단하지만 무혼조 무사님들의 대응이 대단하대요. 벌어진 무력의 차이를 완벽하게 메울 정도로 실전 역량이 뛰어나다고 하네요."

"그러겠지. 만날 현장에서 뛰어다니는 인간들이니."

강비는 눈을 부볐다.

"햇빛 좀 보자."

벽란은 눈을 찡긋거렸다.

"아마 막사를 나가면 놀라실 텐데요."

"왜?"

"글쎄요."

재미있다는 얼굴이다. 강비는 고개를 갸웃거렸다.

살아난 것 자체가 놀라움인데 더 놀랄 일이 뭐가 있을까. 강비는 콧방귀를 뀌며 막사를 나섰다.

그리고, 놀랄 수밖에 없었다.

"우와아아!!"

"강 대협이다!!"

"광룡왕!"

귀가 우웅 하고 떨리는 것 같았다. 강비는 얼떨떨한 눈으로 주변을 둘러보았다.

기다렸다는 듯이 터져 나오는 함성이다.

가지각색의 복장. 남녀노소 제각각이다.

한데 그들 모두가 강비를 보며 함성을 질러 대고 있었다. 이런저런 소리가 워낙 많이 섞여서 무슨 소리를 하는지 알아듣지도 못할 지경이었다.

"…이게 도대체 뭔 일이야?"

하얀 천으로 상체 전반을 둘둘 맨 강비였다. 오히려

그런 모습이 더욱 감동으로 다가왔는지 앞을 다투며 다가오는데 빛나는 눈동자가 부담스럽기 짝이 없었다.

"광룡왕을 만나 실로 영광이오! 하남 철검문의 문주 기철호라 하오."

"북상권문 이정이오. 광룡왕이 이룬 위업에 진심으로 경의를 표하오."

"적창문 문주 공손도하라 합니다. 강 대협이 정신을 차려서 실로 다행입니다."

"청양문의……."

그놈의 문파들 참 많기도 하다.

꼭 자기를 소개하는데 문파명까지 앞에 붙여야 하나 싶다. 한꺼번에 소개를 하니 누가 누군지 알 길이 없었다. 강비의 얼굴이 순식간에 곤란함으로 물들었다.

벽란이 앞을 막았다.

"저기요. 지금 강 공자는……."

"우와아아!"

벽란을 앞에 두자 또 다른 함성이 터졌다.

광룡왕과 함께 초혼방주를 봉인시킨 자. 초혼방을 초토화시킨 주역 중 하나다. 거기에 미모도 출중하니 누구라도 감탄을 터트릴 수밖에 없었다.

강비는 옆머리를 꾹 누르더니 한마디 했다.

"들어가자."

"그래요."

허겁지겁 막사 안으로 들어서는데 뒤에서 별의별 소리가 다 들렸다. 어떤 여인은 강비에게 사랑을 고백했고 어떤 남자는 혼인을 파기할 테니 자신과 사귀어달라고 벽란에게 구애 중이었다. 어떤 늙수레한 목소리는 자신에게 장성하지 않은 아들딸이 있으니 각자 한 명씩 맡아달라는, 노망에 걸린 게 아닐까 싶은 발언도 해 댔다.

난리도 이런 난리가 없었다. 강비의 얼굴이 내상이라도 입은 듯 창백해졌다.

"뭐야, 이건?"

벽란이 살짝 웃었다.

"뭐긴요. 강 공자의 인기가 하늘을 찌르는 거지요."

"그러니까 왜 내 인기가… 아니, 근데 왜?"

"정말 몰라서 묻는 거예요?"

오히려 벽란이 황당하다는 듯 묻는다. 강비의 눈은 진심 어린 의아함을 담고 있었다.

"그럼 몰라서 묻지 알면 묻겠어?"

"하긴, 그렇게 쓰러져 있었으니까요. 하지만 그전에

일들을 생각해 보면 답이 나올 텐데요."

그전의 일들?

일어난 지 얼마 되지도 않았지만 강비의 머리 회전은 빨랐다.

그의 얼굴이 대번에 일그러졌다.

"소문?"

"사실에 기반을 둔 소문이죠."

"제기랄."

이미 광룡왕의 별호는 천하 곳곳으로 스며들었다.

철마신 만효를 죽이고 천랑군주 등 비사림을 격퇴한 강호 최고의 신성.

한데 이번에는 일행과 함께 초혼방까지 박살을 내놨단다. 중원 무림에 있어서는 그야말로 가뭄 난 땅에 단비와 다름이 없었다. 어찌나 새외 무림의 공세가 지독하면 비무로 패권을 나눌 생각까지 했겠는가.

그 문제를 강비가 대번에 해결해 버린 것이다.

사실 중원 어떤 고수도, 어떤 집단도 해결해 내지 못한 일이었다. 이 정도 인기와 함성은 당연한 일이기도 했다.

"루주 짓인가?"

"그런 셈이지만요."

"이 죽일 인간이……."

순간 강비가 고개를 갸웃거렸다.

"근데 이거 뭐야? 여기 루주도 있어? 서문 영감의 기운이랑 섞인 걸로 봐서 같은 자리에… 잠깐만. 아까 전에 무혼조가 다 왔다고 했었나?"

벽란은 나직이 감탄했다.

"정말 강 공자의 회복력은 상상을 초월하는군요. 맞아요. 루주님도 와 계세요."

"일 안 하고 왜 여기까지 왔어?"

"강 공자를 구하기 위해서겠지요."

강비의 눈이 좁아졌다.

루주가 직접 왔다? 어떠한 위협에도 루주가 직접 움직인 일은 없었다.

이건 강비를 위해서라기보다는…….

"폭발했군."

"네?"

"아니야."

진관호가 제대로 열 받은 모양이다. 숭산 비무대 앞까지 온 것이라면, 이제 세상의 눈치를 보지 않겠다는 뜻이기도 했다.

건드리면 다 죽인다.

그런 뜻이리라.

그 자신도 놀라운 고수인데 이곳에는 서문종신과 강비까지 존재한다. 등효와 옥인만 해도 천하에 흔치 않은 무인이며 벽란의 술법은 최고위를 달린다.

소수 정예라 한다면 이만큼 무지막지한 전력이 없었다.

'무력시위.'

한순간에 따다닥 정리가 되는 관계다.

강비는 눈을 감았다.

"나 좀 쉴게."

"네. 무리하지 말고요. 필요하면 절 부르세요."

"알겠어."

* * *

호천패왕신공은 놀라웠다.

강비는 이전보다 훨씬 진보한 신공의 힘에 굉장히 놀랐다. 아예 다른 무공이라 봐도 과언이 아니었다.

흘리는 기질은 같지만, 풍기는 분위기는 전혀 다르다.
마치 이것이야말로 진짜 호천패왕신공이라는 듯 당당한 기운이었다. 초기의 패왕신공이 거칠었다면 이후의 패왕신공은 조화롭고 도도했다.
지금은 또 달랐다.
완전하게 개화(開花)한 신공이었다. 사위를 휩쓸 것 같은 위엄에 압도적인 패기가 함께한다. 강함 그 자체를 발산하는 신공진기는 지금껏 고민하고 또 고민했던 모든 구결에 적합한 힘을 갖추고 있었다.
세상 어떤 일이라도 헤쳐 나갈 수 있을 듯한 자신감이 차올랐다.
'초혼신.'
이것이 초혼신과의 전투를 벌인 이후의 성장이라는 것을 안다. 만일 초혼신의 술법에 자극을 받지 않았다면 이 정도의 성장은 꿈만 같았으리라.
놀라운 성장이었다. 못해도 몇 년 치의 공부를 며칠 만에 따라잡은 셈이다.
강비는 크게 놀랐지만, 이 기분에 도취되진 않았다.
이 힘의 정체를 알기 때문이다.
이 힘이 어떻게 만들어졌는지, 누가, 왜 만들었는지

를 알기 때문이었다.

'사부님.'

고난의 세월을 헤쳐 나가던 사부, 스승의 은혜였다.

초혼신이라는 최악의 적을 맞이하여, 초혼신 하나만을 쓰러트리기 위해 삼십 년이 넘는 세월을 광증과 싸워 가며 달려 나간 스승의 의지였다.

다행히 강비는 스승의 힘을 온전하게 수용할 만큼의 그릇이었다. 천무대종의 가르침 덕택이기도 했다.

'모여라.'

자연스럽게 손을 뻗으니 손끝에서 시뻘건 진기가 아지랑이쳤다.

화염처럼 출렁이는 기운이었다. 어디에도 기파를 발산해 내지 않았지만 강비는 이 기운의 발출 한 번으로 절정고수 한 명을 그 자리에서 소멸시킬 수 있음을 깨달았다.

하지만 진짜 놀라운 일은 그게 아니었다.

의지가 이는 순간 기는 거기에 도달해 있었다. 기를 응집할 생각을 하니, 진즉에 기운은 뭉쳐져 있었다. 마음과 발현과의 거리가 무(無)에 가깝다.

심즉살(心卽殺), 심즉발현(心卽發現)이다.

무인이라면 꿈에서라도 도달하길 염원하는 무의 최고 경지, 심인상인(心印傷人)으로서의 발판을 마련한 것이다.

이는 곧 서문종신, 진관호와 거의 비슷한 위치에 도달했다는 뜻이었다. 적어도 신공의 성취만 따지자면 그러했다.

씁쓸한 기쁨이었다.

자신의 노력으로 도달한 곳이 아니었기에 씁쓸했으며 스승의 사랑이었기에 기뻤다.

'어쨌든, 내 것으로 만든다.'

이제 강비 정도의 경지에 있어, 어색함과 익숙함의 경계는 사라진다.

한 번 보고 수용하면 그뿐이다. 그는 자신의 몸에서 회오리치는 기운들을 대번의 자신의 것으로 만들 수 있었다.

내외상은 여전히 심각했지만 호천패왕신공을 완전히 제 것으로 만들었으니 치료 속도도 이전보다 몇 배는 빨라졌다. 노력이나 의도의 문제가 아니라, 그저 그렇게 되는 것이었다. 자연스러운 현상이었다.

강비는 막사를 열고 바깥으로 나섰다.

자시(子時)가 넘은 시각이었다. 잠자리에 들 시간이었지만 강비는 잠을 이루지 못했다.

휘영청 밝은 달빛을 맞으며 탁 트인 절벽으로 다가선다.

숨통이 트이는 기분이었다.

어두웠지만 세상이 눈에 보이는 경치다. 강비의 얼굴이 편안해졌다.

"무슨 청승이냐."

강비는 놀라지 않았다. 이미 그의 기척을 알아챘기 때문이다.

"왔나?"

나른한 말투는 여전하다. 진관호의 눈에 이채가 뜨였다.

"몸은?"

"괜찮아."

진관호의 눈이 웃음을 머금었다.

극에 이르러 오히려 평범해져 버린 강비였다. 비범한 기질을 흘리던 강비가 이제는 되레 평범해 뵌다.

"급하기도 하다. 벌써 다 삼켰나?"

신공의 수용을 말하는 것이리라. 강비는 고개를 끄덕

였다.

"알아서 그렇게 되던데."

"이제는 뭐 함부로 주먹도 못 들겠군."

"언제는 들었나."

의미심장한 말이었다.

강비의 눈 위로 살짝 붉은 안개가 서렸다.

"이제 슬슬 뛰어볼라고?"

"그래. 답답해서 못 참겠더라."

"암천루는 사라지는 건가?"

"글쎄. 어떻게 될까."

"이봐. 나를 영입한 사람이 그리 무책임한 말을 해서야 쓰겠어?"

진관호는 천천히 강비의 옆으로 걸어왔다.

휘영청 뜬 달을 바라보며 뒷짐을 진 진관호의 모습은 무척이나 운치가 있었다.

"암천루가 어떻게 만들어진 단체인 줄 알아?"

산뜻하면서도 진지함이 살아 있는 말투다. 강비는 장난을 칠 수가 없었다.

"대충 들었지."

"암천루의 역사는 꽤나 길어. 하긴 소림사 앞에서 할

얘기는 아니다만. 드러난 시간이 얼마 되지 않아서 그렇지, 삼사백 년은 너끈히 될 거다. 다만 아무도 몰랐을 뿐이야."

"그런데?"

"암천루를 세운 사람은 황궁 소속의 대장군이었어."

강비의 눈썹이 꿈틀거렸다.

"황궁?"

"당시 황궁제일인이라 불리던 무장이라 하더군. 단엽이라고 했었나? 그 인간이 관부에서 벗어나 강호로 왔을 때 세운 집단이 바로 암천루야. 하긴, 암천루 전에 몇 번이나 이름이 바뀌었다고는 했어. 추… 뭐라고 하던데. 사람들이 염원하는바를 이루기 위해 어떤 의뢰라도 받았던 의뢰 집단이라 했지. 심지어는 남녀 간의 애정 문제까지 해결했다던데."

"해결 영역이 상상을 초월했군."

"그렇지. 이름도 그에 맞춰서 보물을 쫓는[追寶], 뭐라고 했었어. 잘 기억은 안 나는군."

"선대 이름도 모르다니. 암천루 주인장인 주제에."

"그런 거 알 바 아니야. 어차피 내 선대들도 초기 역사는 잘 몰라. 다만 지금처럼 음지에서 움직였다고 하더군."

"그런데?"

"암천루든 추보루든 뭐든. 본루의 역사는 항상 피로 점철되었지. 몇 번이나 무너지고 살아나길 반복했어. 그 이유가 뭔지 알아?"

"능력 있는 사람들이 많아서 그런가?"

"반은 정답이다. 아무리 숨으려고 해도 숨어지지가 않았어. 강호에서 활동하던 기라성 같은 고수들이 이쪽으로 은거하기도 했었지. 당연히 오다가다 얘기가 나왔을 테고, 결국 음지에서 숨어 살지 못하고 본루는 항상 강호의 혈난(血亂)에 들어섰지."

강비의 눈이 진관호의 눈을 따라 달빛을 향했다.

티 하나 없이 밝은 달빛이었다.

"지금처럼?"

"그래. 지금처럼."

"그랬군."

"혈난에 휩쓸렸지만 본루의 힘은 놀라웠지. 언제든 말이다. 숨어서 움직였지만 이룬 성과가 워낙 대단했어야지. 아마 혈난의 어둠 속에서 별의별 짓을 다했을 거다. 아마 본루의 표적이 된 적들은 골치 꽤나 썩었을 거야."

"지금처럼."

"그래. 지금처럼."

"그래서 루주가 하고 싶은 말이 뭐야?"

진관호는 한숨을 내쉬었다.

"나는 강호에서 잊힌 사람이 되고 싶었다. 귀신이 되고 싶었어. 하지만 죽기는 싫었지. 억울하게 죽긴 왜 죽어? 살았으면 살아야지. 그것도 열심히."

"그렇지."

"그래도 티 안 나게 살려고 꼭꼭 숨었는데, 몇 년 이렇게 살다 보니 어느새 암천루의 주인장이 되어버렸어. 내가 의도한 건지 아닌지는 중요하지 않아. 그냥 이렇게 되었다는 사실만이 중요한 것이지."

"……."

"처음에는 이 짓을 해놔서 그런 줄 알았어. 한 번씩 세상 밖으로 나가고 싶다는 생각을 했었지. 그런 거 있잖아? 질려서 포기한 것들이 나중에는 또 생각나는 거. 나한테 있어서 강호가 그랬지."

"이해해."

"그래. 나는 언제나 세상을 향해 포효하고 싶었다.

세상으로 나아가고 싶었어. 힘을 발산하고 싶었지. 여기에 진관호라는 사람이 있다고, 강호 최고를 논하는 무공으로 세상을 향해 발을 내딛는 한 사람이 있다고 외치고 싶었어."

"그래서 지금 이렇게 했다?"

"그런 이유에서만은 아니지만, 숨기지 못했던 내 욕망이 지금의 결과를 만드는 데에 일조한 건 분명하다고 본다."

답답하기도 했을 것이다.

서문종신도 서문종신이지만 진관호의 무공은 놀라웠다. 구파 장문인이라도 감히 승패를 장담할 수 있을까? 소림이나 무당의 장문인이 아니라면 여느 문파의 주인이라도 진관호를 두고 승리를 입에 담을 수 없을 거란 생각까지 든다.

진관호는 그리도 강했다.

천하에서 몇 없는 절대 강자가 바로 그였다.

그런 진관호는 제대로 힘을 발산조차 못한 채 회의에 젖어 음지로 숨어들었다. 시간이 흘러, 당연히 해방을 꿈꾸었을 것이다.

"하지만… 역시 세상은 나한테 맞지 않은 모양이다."

읽기가 쉽지 않은 눈동자였다.

"이렇게 세상에 나왔는데도 그리 기쁘지가 않아. 물론 화를 참지 못해 뛰어나왔지만, 그래도 해방감이라는 게 있을 법도 할 텐데. 그런 게 없어."

"당연하지."

강비의 대답에 진관호가 눈을 크게 떴다.

"뭐라고?"

"당연하다고."

"당연하다고?"

"루주는 언제나 강호에 살고 있었으니까."

진관호의 두 눈이 충격으로 굳어졌다.

강비는 말을 이었다.

"암천루는 항상 강호의 일과 이어져 있었어. 직접 움직이진 않았지만 내가 처음 들어왔을 때부터 이미 암천루는 강호의 일에 관여하고 있었어. 강호와 연관이 되어 있었어. 지금에 와서 루주가 직접 움직였다고 해서, 딱히 해방감을 느낄 이유가 있는지 모르겠군."

그것이 그리 충격적인 말이었을까.

그렇다. 적어도 진관호에게는 충격이었다.

강비는 팔짱을 끼었다.

등근육이 찢어질 듯 아팠지만 내색하지 않았다.

"루주는 그저 언제나 바라보았던 경치에 발을 디뎠을 뿐이지. 세상과 단절된 삶은 없어. 나는 그렇게 생각해."

얼이 빠진 진관호의 얼굴이, 점차 제 색을 회복했다.

씁쓸하게 웃는 그였다.

"그런가."

"당연하지."

"이런 문제로 너에게 위로를 듣다니, 세상 참 오래 살고 볼 일이군."

강비는 콧방귀를 뀌었다.

"위로? 웃기는 소리하고 있네. 이건 위로가 아니야. 그냥 당연한 걸 모르는 멍청한 인간에게 현실을 깨우쳐 준 것일 뿐이지."

"저놈의 말투 진짜……."

"어차피 이제 내 상관도 아니잖아?"

"네놈 상관일 때는 언제 제대로 존중이나 해줬냐? 그리고 세상과 연관된 삶이라며? 너보다 내가 몇 살을 먹었는데 그런……."

"나이가 많다고 다 존대해야 할 필요는 없겠지. 그것

도 멍청이한테는.”

진관호의 입가에 미소가 어렸다.

강비는 위로가 아니라고 하지만 적어도 듣는 진관호의 입장에서는 고민의 타파요, 위로였다.

그리고 하나의 사실을 더 제시하고 있었다.

“암천루, 살리고 싶지?”

“…….”

“루주 손으로 박살 내고 싶지는 않을 거 아냐.”

진관호는 강비를 바라보며, 천천히 고개를 끄덕였다.

“…그래.”

“그럼 그렇게 해.”

“하지만 내가 여기에…….”

“그런 건 아무래도 상관없어. 나는 복잡한 건 잘 몰라. 하지만 하나는 알지. 암천루라는 이름이 중요한 게 아니라 암천루에 속했던 사람들이 중요한 거라는 거.”

강비의 두 눈이 번뜩였다.

무척이나 조용한 광채였지만, 그 경지가 높아졌기에 더욱 무서운 힘의 발산이었다.

“건드리면 다 박살 내겠다는 루주의 생각은 참 통쾌하더군. 한 번쯤 그래도 상관없잖아? 어차피 세상에 알려진 이름, 제대로 각인시켜 주는 것도 나름 통쾌한 일 아니겠어? 이제는 꼭꼭 숨어 다닐 생각도 없으면서."

이대로 가도 상관없다는 뜻이었다.

진관호가 박차고 나서도 암천루는 사라지지 않는다. 무혼조가 전부 움직여도 암천루는 스러지지 않는다.

양지니 음지니 따질 필요도 없다. 암천루는 암천루이며, 건드리면 박살을 내준다.

통쾌한 결말이었다. 마음에 드는 결말이었다.

진관호의 입에도 모처럼 호기로운 미소가 서렸다.

"네 말이 맞다. 이제는 가만히 당하는 것도 지겨워. 속병이 난단 말이다."

"제대로 풀면 되겠지."

"그렇지."

"그래서, 어느 쪽이야?"

"뭐?"

"어느 쪽이 목표냐고? 칼을 뽑았으면 내려칠 상대도 있어야할 것 아냐? 천의맹이야?"

"무서운 말을 잘도 하는군."

"약한 척하지 말지? 원한다면 천의맹 수뇌들의 목만 똑똑 따버리면 될 일인데."

진관호는 고개를 저었다.

"물론 작정하면 불가능할 것도 없지. 하지만 우리의 적은 천의맹이 아니야. 적어도 지금 당장은 아니겠지."

"지금 당장이 아니라면 언젠가 한 번은 박살을 내겠다는 뜻인가."

"뭐, 그쪽에서 도발을 해오면."

"도발은 충분히 받은 걸로 아는데."

"그건 또 어떻게 알았어?"

"그냥 흐름을 읽었을 뿐이야. 위 방주의 말도 그렇고."

"그래?"

진관호는 웃차, 소리를 내며 자리에 앉았다. 겨울 공기를 받아 얼음장처럼 차가워진 바닥이지만 앉는 데에 거침이 없었다.

"비사림에서 움직였다."

강비의 눈이 반짝였다.

"왜? 우리 잡으려고?"

"정확히는 너와 등효, 벽란, 옥인을 잡으려고 움직이는 거겠지."

"별스럽지도 않다만 이유가 있을 것 같군."

"이유는 나도 몰라. 하지만 확실하게 움직이고 있지. 아마 숭산 비무 전에 이곳까지 도달할 수도 있겠어."

남 일 말하듯 말한다. 강비는 피식 웃었다.

"속일 생각 말고, 또 뭐가 터졌는데?"

"눈치 빠른데?"

"루주가 멍청해서 그렇지. 방도가 있는 거야?"

"있지."

나름 자신감에 찬 말이었다. 강비는 가만히 그를 바라보다가 이내 툭 내뱉었다.

"법왕교."

진관호는 의외의 눈으로 그를 바라보았다.

"눈치만 빠른 줄 알았더니, 너 의외로 진짜 똑똑한 거 아냐?"

"비사림을 당장 막을 수 있는 패가 법왕교 말고 또 있나 싶은데? 구파일방이 합심해서 함정 파지 않은 이상. 하지만 그것들이 우리를 위해서 아까운 인력 낭비를 할 필요는 없겠지."

"사태 파악을 잘하는군."

"흰소리 말고. 법왕교가 비사림 친대?"

진관호의 상체가 뒤로 젖혀졌다. 양손으로 땅을 짚고

하늘을 올려다보는데 굉장히 평안한 기색이었다.

말하는 내용과는 딴판인 자세였다.

"어차피 법왕교는 힘들어졌어. 사대마종이라는 틀에서 나간 순간부터."

"그렇겠지. 일이 어떻게 되든 삼대마종이 가만히 놔두질 않을 테니까."

"그래. 아무리 법왕교라 해도 나머지 세 문파, 지금은 두 개지만 어쨌든 버틸 수 없을 거다. 일대일만 해도 간당간당할 판에 둘이면 말 다했지."

"그래서 사전에 박살 내놓자?"

진관호는 피식 웃었다.

"그런 수준이 아니지. 아예 그쪽을 아작 내고 이쪽에 편입할 생각인 것 같다."

"이쪽? 천의맹?"

"일시적인 편입이지. 무신성이라고 쉬운 상대일까? 단순히 무공만 보면 오히려 무신성이 더 무섭지. 단순무력 최강이라고들 하잖냐."

"천의맹과 함께 무신성까지 박살을 내놓으시겠다……. 법왕교주, 의외로 결단력이 엄청나군."

"나도 놀랐어. 직접 보니 그 이상이더군."

"직접 봤어?"

"장난하냐? 그럼 여기서 뭐하고 있었겠어? 너처럼 계속 잠이나 퍼자고 있었겠어?"

강비는 머리를 긁적였다.

"그런 일이 있었군."

"그랬지."

"하지만 천의맹이 뒤에서 호시탐탐 주먹을 쥐고 있을 텐데?"

"거기까지 내다보는 걸 보면 확실히 보통 머리는 아니군. 앞으로 선하 일도 좀 돕도록 해."

앞으로 도와라.

그 말인즉 암천루를 내버려두지 않겠다는 뜻이리라. 그 의지가 느껴졌다.

강비는 가만히 웃다가 툭 뱉었다.

"마음에도 없는 도움 주지도, 받지도 않아. 어쨌든 말하는 기색을 보니 그것도 아니로군."

진관호는 악동 같은 미소를 지어 보였다.

"말했잖아. 법왕교주, 만만한 사람이 아니라고."

* * *

"암천루주, 정말 보통 사람이 아니더군."

차를 마시는 스승의 입에서 뜬금없이 나온 소리는 그러했다.

민비화는 고개를 끄덕였다.

"대단한 사람이긴 하지요. 엄청난 무공의 소유자더군요."

"그런 말이 아니다."

"그럼요?"

적송의 눈이 깊어졌다.

"보통 사람이 분노에 휩싸이면 앞이 흐려지기 마련이다. 모든 것이 감정적이고, 때문에 섣부른 짓으로 실수를 유발하기도 하는 법이지."

"그렇지요."

"암천루주는 그런 사람이 아니야. 분노에 휩싸였음에도 얼음장 같은 이성을 유지하더구나. 그 정도 무공에 그 정도 심력, 가히 천하를 넘볼 인재야."

무공만큼은 일대종사, 이미 종사들 중에서도 최고의 힘을 갖춘 자라고 할 수 있을 터.

거기에 냉정한 계산력과 날카로운 직관력, 번뜩이는

이성은 화룡점정이었다.

가만히 바라보는 민비화를 보며 적송은 고개를 끄덕였다.

"이제는 너도 다 컸으니, 딱히 말해주지 못할 것도 없겠지. 본교는 비사림을 치기로 했다."

"비사림을요?"

적송의 눈이 깊어졌다.

깜짝 놀라긴 했지만 그렇다고 충격을 받지는 않는다. 민비화의 정신이 견고해졌다는 의미다. 그만큼 성장했다는 의미이기도 했다.

적송의 입가에 미소가 드리워졌다.

"그래. 비사림의 모든 전력이 이동하고 있음은 들었겠지?"

"네."

"중간에서 구덩이를 파놓고 묻을 생각이다."

불제자의 입에서 나올 말은 아니지만, 그렇기에 더욱 파격적이다. 민비화는 고개를 끄덕였다.

"모든 병력을 부르셨겠네요."

"그럴 수밖에 없지. 비사림이 중원에서 꽤 많은 피해를 입기야 했다만, 그렇다고 그들의 저력을 얕볼 수는 없어. 우리도 혼신의 힘을 다하지 않으면 피를 보게 될 것이다."

"그럼 사부님께서는, 본교를 중원으로 이전하실 계획이신가요?"

적송은 고개를 저었다.

"전에 말하지 않았더냐. 소림과 관계된 사람은 나뿐이다. 너도, 본교의 모든 무인들도 법왕교의 사람이다. 우리가 살 터전은 따로 있는데 뭐하러 눈치 보며 이곳에서 살겠느냐? 자존심이 상해서라도 그런 짓은 안 하지."

시원시원한 말이었다. 민비화의 입가에 미소가 걸렸다.

하지만 곧 눈썹이 찌푸려졌다.

"천의맹을 믿을 수 있을까요?"

토사구팽이라 하였다. 토끼를 잡은 사냥개는 쓸모를 다했으니 삶아 죽인다는 뜻, 비록 동맹이지만 천의맹이 뒤를 칠 가능성이 없지는 않다.

"아무래도 마냥 믿기는 힘들겠지."

소림이 천의맹의 일파를 지원하고 있음에도 적송은 천의맹을 믿지 않았다. 사형제지간의 정리(情理)로 해결될 수 있을 만큼 단체라는 것이 만만한 게 아니니까.

민비화의 눈이 빛났다.

"뭔가 수가 있으시군요."

"당연하지. 안전장치 없이 본교를 끌어들일 정도로 사부가 막 나가지는 않는다."

전투가 가까워져서 그럴까.

가깝고도 멀기만 했던 사부가 무척 인간적인 반응을 보여주고 있다는 생각이 들었다.

"그래서 암천루주가 대단하다는 것이다."

"루주가 도움을 준다던가요?"

"거래를 제시하더구나."

"거래요?"

*　　　*　　　*

"어떤 거래 말씀이시오?"

"천의맹을 막아주겠소."

적송의 눈이 가느다랗게 뜨였다.

"가능하시겠소?"

"지금까지 본루는 종류에 상관없이 모든 의뢰를 성공

시켰소. 물론, 꽤 많이 박살은 났지만."

결과만 놓고 봤을 때 확실히 암천루는 믿을 만한 집단이었다. 당장 루주인 진관호만 봐도 보통 사람이 아니었으니.

"그리고 우리는 무력단체가 아니오. 막을 방도가 칼만 있는 게 아니라는 뜻이오."

어떤 의미인지 알겠다.

"루주의 말이 사실이라면 우리 쪽에서 붙잡고 싶구려."

진관호는 희미하게 미소를 지었다.

"하면 대가는 어떻게 지불하시겠소?"

대가.

법왕교주로 지내면서 거의 들어보지 못한, 생소하기까지한 단어였다.

"대가라……."

"본루는 의뢰 집단이오. 물론 내 대에서 끝낼까, 생각은 하고 있지만 의뢰를 주문할 땐 그에 상응하는 대가를 주시면 되오."

"어떤 대가를 드리면 되겠소? 보아하니 금전적인 지원을 바라는 건 아닌 듯하오만."

“본루에는 인재들이 많소.”

“그런 것 같소이다.”

“하지만 인력에 시달리고 있는 것 또한 사실이오.”

“설마 인재를 내달란 소리요?”

적송의 눈에 황당함이 서린다.

진관호는 고개를 저었다.

“설마 그런 대가를 받겠소?”

“하면?”

“본루는 상당히 체계적인 정보 단체를 휘하에 두고 있소. 개방과는 다른 영역에서 감히 제일을 자랑한다고 자부하지. 짐작하고 있었을 것이오.”

“물론이오. 그만한 정보 단체 없이 당금 귀루가 보여주는 일을 벌일 수는 없을 테니까.”

“그렇소. 그래서 나는 교주가 가진 막강한 힘들 중 하나의 비밀을 알고 있소. 의도하진 않았지만.”

적송의 눈이 번쩍였다.

진관호는 지금 법왕교가 가진 막강한 힘이 아니라, 교주가 가진 힘의 비밀을 알고 있다고 하였다. 법왕교라는 세력이 아닌 교주 개인의 비밀이라는 뜻.

적송은 진관호가 무엇을 언급하고 있는지 깨달을 수

있었다.

"…나의 비밀이라. 기분이 썩 유쾌하다고는 말 못하겠지만 이왕 거래를 하는 처지이니 감정싸움은 벌일 필요가 없겠지. 허심탄회하게 묻겠소. 독(毒)과 화(火), 두 개 중 어떤 걸 원하시오?"

"화."

적송은 한숨을 쉬었다.

"다 쓸어버릴 작정이시오?"

"독은 너무 위험하오."

"위험하기로는 화가 더하오."

"우리에게 위험하다는 뜻이오. 차후에 사람들이 보기에도 안 좋을 거요. 암천루를 접든 말든, 우리는 결국 강호에서 살아가는 이들 아니겠소."

틀린 말은 아니었다.

진관호는 빙긋 미소를 지었다.

"많이는 필요 없소. 하지만 한 명당 한 개씩은 소지하는 게 좋을 거라 생각하오."

"……."

"말했듯, 본루에는 인재들이 많소. 서문 어르신의 경우만 봐도 감히 천하제일을 논해도 손색이 없는 무위의 소유자이시지. 강비는 어떻소? 그 어린 나이에 구파 장문인과 일대일 겨룸이 가능할 지경이오. 휘하 무혼조 조원들 역시 막강한 무공의 소유자들이지."

진관호의 눈이 반짝였다.

"하지만 그 숫자가 적소."

"……."

"소수 정예는 되지만 정작 위급할 때 뻗어낼 손의 숫자가 적다는 의미요."

"…그렇구려."

적송은 천천히 한숨을 쉬었다.

"묻겠소. 듣자하니 암천루는 진 루주의 판단하에 당장 없앨 생각까지 하고 있는 듯하오만."

"그렇소."

"한데 '그것'을 요구하다니, 뭔가 앞뒤가 맞지 않소이다. 당장 그들을 막을 수 있는 방도를 알고 있는 듯한데, 단순한 안전장치라 생각하기에는 위험성이 너무 큰 물건을 원하고 계시오. 그것을 잘못 사용하면, 자칫 강호공적으로 몰릴 수도 있소."

미묘한 문제였다.

원한다면 바로 줄 수가 있다. 아무리 비밀 무기라 하

지만 그것이 천의맹에게 당할 교도들의 목숨보다 귀하겠는가.

하지만 궁금하다. 왜 그것을 원하는가.

그것이 없어도 충분히 살아남을 수 있는 역량이 있을 터인데.

진관호는 바로 답했다.

"나는 암천루는 버릴 수 있어도 동료는 버릴 수 없소."

"……!"

"아마 법왕교와 비사림의 싸움이 본격화될 때, 숭산에서도 중원과 새외의 운명을 가로지를 한판 승부가 벌어질 것이오."

"그렇겠지."

"이기든 지든 또 다른 싸움이 벌어질 것 같지 않소?"

적송의 눈이 파랑을 일으켰다.

비무의 승패가 어떻게 되든 소림과 무신성은, 중원과 새외는 결코 물러서지 않을 것이다.

게다가 작금의 상황.

초혼방은 박살 났고 법왕교가 움직이면 비사림도 큰 피해를 입을 것이다. 즉, 온전하게 살아남은 조직은 무신성뿐이라는 것이다.

이미 중원이 이긴 싸움이다.

그렇다면 무신성은 어떻게 나오겠는가.

“내가 보기로 무신성은 그냥저냥 포기할 만한 집단이 아니오. 아니, 무신성주가 포기하지 않겠지.”

“그럴 거요.”

“이기면 중원이 물아붙일 것이고, 지면 무신성이 몰아붙일 것이오. 무신성 측에서는 배수진을 치게 된다는 의미요. 아마 무척 격한 전투가 벌어질 거요.”

“…그러겠지.”

“우리는 두 번의 싸움을 거쳐야만 하오. 실상 내가 교주께 먼저 거래를 언급한 것은 서로에게 이익이 되기 때문이오. 정말로 대가를 원했다면 단순히 화 하나만을 원하지 않았을 것이오. 그것은 대가가 아니라 상조(相助)이니까.”

진관호가 빙긋 웃었다.

“그렇지 않소?”

“…루주의 말이 옳소.”

“어떻게 하시겠소? 거래에 응하시겠소?”

가만히 진관호를 바라보는 적송.

이내 그의 얼굴에도 시원스러운 미소가 어렸다.

"비무 하루 전까지 물건을 건네 드리리다. 무혼조에 루주까지 셈을 친다면 총 여섯 개구려."

"그렇소만."

"안타깝게도 우리가 보유한 화는 다섯 개에 불과하오."

"별수 없지. 그것만이라도 주시오."

적송은 고개를 끄덕였다. 이왕 주기로 한 거, 하나를 주든 전부 다 주든 상관이 없었다.

"부디 잘 사용하시길 바라오. 자칫하면 오히려 쓰지 않는 게 나을 만한 결과를 낳을 것이오."

"그건 걱정하지 마시오. 그 정도 눈치는 우리에게도 있소."

"어련하시겠소이까."

진관호가 포권을 취했다.

"잘 부탁드리겠소."

"나 역시."

*　　　*　　　*

법왕교주라는 걸 알면서도 대범하게 거래를 제시하는 배포. 그런 것은 아무나 가질 수 있는 게 아니다.

단순히 무공이 강하다고 할 수 있는 게 아니었다. 오히려 무공이 강할수록 자만심으로 무너질 가능성이 높다.

진관호는 그렇지 않았다.

치밀하다고 보긴 어려웠지만, 안목이 높았고 추진력이 있었다. 그만한 자라면 충분히 잘 해결해 나갈 것이다.

"자, 우리도 슬슬 움직이도록 하자."

"움직이다니요?"

"네 수준을 끌어올려야지."

민비화의 눈이 휘둥그레졌다.

"제 수준이라면?"

"앞으로 이틀 후, 비무가 벌어진다. 비무 이후의 결과가 어떻게 나오든 큰 싸움을 치르게 될 것이야."

"그렇겠지요."

"지금의 네 실력으로는 살아남기 급급할 것이다. 피한다면 피할 수도 있겠지. 하지만 그것은 네가 원하는 게 아니지 않으냐?"

적송과 민비화의 눈빛이 비슷해졌다.

"네 나이에 지금의 성취도 과하다. 이대로 두어도 크게 성장할 수 있겠지. 내 도움이 없이, 앞으로 네가 겪어나가야 할 수련이요, 싸움이라고 생각한다. 그게 옳아. 하지만 상황이 여의치가 않다. 이 또한 경험이라고 생각하기에는 너무 거센 폭풍이다."

"…그런가요."

"이틀 동안 이 사부의 곁에서 많이 배우길 바란다. 최소한 두 단계 이상 끌어올릴 터, 정신 바짝 차리고 따라오거라."

* * *

어느 정도 몸을 추스른 강비는 벽란을 찾았다.

암천루의 무혼조는 물론 등효와 옥인까지 부르려고 했지만 수련을 하는 그들을 방해하고 싶지는 않았다. 느닷없이 만났으나, 그들은 서로를 마음에 들어 했고 동시에 높은 곳으로 올라가기 위해 밤잠을 아껴가며 수련하고 있었다.

결국 강비는 벽란과 진관호를 불러냈다.

그리고 소림 방장, 적인과 만났다.

"시주가 바로 광룡왕이구려."

강비는 포권을 취했다.

"소림 방장을 뵙습니다. 강비라 합니다."

어느 때보다도 극진한 예였다. 보는 진관호와 벽란이 다 놀랄 지경이었다.

강비에게는 그럴 이유가 있었다.

그가 소림사 방장이기 때문도, 대단한 무공을 연성해서도 아니었다.

적인 대사에게는 품격이 있었다.

인간으로서의 품격이었다. 부처를 모시는 자, 그리고 무도를 일깨운 자였다. 그 어느 것 하나 모자람이 없이 극에 다다른 자다.

서문종신, 진관호와는 전혀 다른 종류의 대가(大家)인 것이다. 존중받을 가치가 충분하고도 남는다.

강비가 적인 대사에게 놀랐다면, 적인 대사라고 아니 놀랄 수가 없었다. 그는 강비의 몸에서 흐르는 기운을 느끼며 감탄을 금치 못했다.

"대단하오. 이 늙은이가 내세울 것은 무공 하나밖에 없거늘, 광룡왕 앞에서는 빛이 바래는 느낌이오."

겸손도 이런 겸손이 없다. 강비는 고개를 저었다.

"과찬이십니다."

"결코 과찬이 아니외다. 이리 어린 나이에도 이미 일대종사라 불리기에 손색이 없으니. 초혼신을 단 네 명이서 어찌 잡았는지 궁금했거늘, 막상 광룡왕을 만나보니 그 이유를 알 것 같소. 천하에 누가 있어 광룡왕과 한판 승부를 벌여나 보겠소이까."

칭찬이 과하다. 그만큼 적인 대사의 놀라움이 크다는 뜻이리라.

"하지만 몸이 많이 상하셨구려."

"아직 공부가 부족했습니다."

적인대사는 살짝 미소를 지었다.

"젊은 시주가 높은 무공을 연성했음에도 이리 겸손하니, 차후 세상의 동량으로서 부족함이 없겠소."

강비는 손을 저었다. 답지 않게 부끄러워하는 기색이 역력하다.

"일단 방장 대사를 뵈러 온 것은……."

"초혼신의 처리를 위해서요?"

바로 알아챘다.

아무리 불도와 무도에 심취한 적인 대사라지만, 거대

한 소림사를 이끄는 사람 또한 적인 대사였다. 적인 대사의 능력은 단순히 무공에만 특화되어 있지 않았다.

"그렇습니다."

적인 대사는 그들 사이에 누워 있는 남궁표에게 닿았다.

"이 안에서 맥동하고 있구려. 잠에 빠진 걸로 보이는군."

한눈에 파악해 내는 안목. 과연 대단한 무공이었다.

"여기 벽란이 제대로 봉인을 시켜두었습니다."

"과연, 천하 여걸이 따로 없소."

대화 하나하나가 전부 칭찬이라 오히려 대응하기가 만만치 않았다. 벽란은 고개를 푹 숙였다.

그 모습을 보며 적인 대사의 얼굴에도 미소가 드리워졌다.

강비는 벽란의 옆구리를 꾹꾹 쳤다. 벽란은 목을 다듬으며 말했다.

"초혼신을 완전히 없애기 위해서는 여기, 강 공자의 힘이 필요해요."

모두의 시선이 강비에게로 쏠렸다.

"강 공자가 익힌 신공은 초혼신의 술법과 완전한 상

극을 이뤄요. 이른바 천적이라 할 수 있지요. 본시 일전, 초혼신과 마주했을 때 강 공자의 실력은 초혼신을 넘어서지 못할 수준이었어요. 하지만 초혼신과 대면하자마자 무공 자체가 성장했죠. 마치 만들어진 이유가 초혼신의 섬멸을 위했던 것처럼요. 강 공자가 지금처럼 성장한 이유는 초혼신과의 대면 덕분이기도 합니다."

강비는 고개를 끄덕였다. 이미 스스로가 잘 알고 있는 바였다.

"봉신안의 술법은 술가에서도 절대봉인력으로 이름 높은 술법이에요. 하지만 초혼신만큼 영력이 막강하다면 영구적으로 봉인할 수도 없죠. 설령 완전 봉인이 가능하다 해도 마음 놓고 있을 수는 없어요."

"이유는?"

"그것은 초혼신이라는 작자 자체의 성정 때문이에요."

"성정?"

"언제고 세상에 파란을 일으킬 자예요. 완전봉인이 가능하다 하더라도 훗날 대단한 술사가 봉인을 해제하려고 하면 못할 것도 없어요. 시간은 오래 걸리겠지만요."

모두의 시선이 굳어졌다.

"그래서 하루 빨리 초혼신을 세상에서 몰아내야만 해요. 일찍이 저승으로 가야 할 혼이 수백 년 동안 이승에서 맴돌았어요. 존재 자체만으로도 천도(天道)에 반하는 것이죠."

그 말이 옳았다.

수백 년의 삶을 지속해 온 자. 단순히 망령(亡靈)이라 부르기에는 그 힘이 지나칠 정도로 강력했다. 지금껏 누가 있어 이혼(移魂)의 수법으로 수백 년의 삶을 영위했겠는가.

초혼신의 존재는 이미 사도, 마도 그 자체와 같았다.

적인 대사는 고개를 끄덕였다.

"지금 당장 멸하는 게 천도를 지키는 일이라는 것이오?"

"그렇습니다."

"하면 시간을 지체할 필요가 있겠소이까? 지금 바로 시작합시다."

이전에 보여준 모습을 보면 한 가닥 아량이라도 베풀 것 같았는데 적인 대사는 거침이 없었다. 그 또한 초혼신이라는 존재가 얼마나 위험한지, 초혼신을 저승으로 보내는 것이 얼마나 합당한 일인지를 알고 있는 것이다.

벽란이 고개를 끄덕였다.

"그럼 길게 끌 것 없이 바로 시작하도록 하겠습니다. 강 공자?"

"나는 괜찮다."

어깨를 빙빙 돌려 보인다. 내외상이 워낙 심각했지만 정신을 차린 이후 그의 치유력은 유래가 없을 만큼 빠르게 성장 중이었다.

벽란은 다시 한 번 그의 체력에 감탄하며 남궁표의 머리 부근으로 자리를 옮겼다.

적인대사가 한마디 던진다.

"혹시 초혼신을 소멸시키는 중에, 남궁 시주가 다치지는 않겠소?"

벽란이 고개를 저었다.

"최대한 조심하면서 초혼신을 몰아낼 겁니다. 물론 약간의 피해는 불가피합니다만, 의술로 충분히 치료가 가능한 영역입니다. 방장 대사께서는 너무 걱정하지 않으셔도 됩니다."

"그럼 다행이오."

"강 공자."

"응?"

"제 손을 잡으세요."

한 손을 남궁표의 미간에 댄 채, 다른 한 손을 뻗는 벽란이었다.

강비의 손이 벽란의 손을 쥐었다.

"무리하진 마라."

"걱정하지 마세요."

벽란의 입가에 미소가 어렸다. 참으로 복잡해 보이는 미소였다.

초혼신의 소멸.

일생일대의 목표와 같았다. 철천지원수, 한 하늘을 이고 살 수 없는 존재를 이제야 저승으로 몰아내는 것이다.

그녀의 눈동자가 파르르 떨렸다.

'어머니. 아버지.'

만약 초혼신이 저지른 만행을 모르고 있었다면 강비를 만나지도 못했을 것이다. 봉신안은 꿈도 꾸지 않았을 것이며, 자칫 초혼신의 먹이가 되었을 수도 있다.

그녀는 모든 것을 알고 있었다.

초혼신이 자신의 가족을 죽였다는 것부터, 십대혼주

중 몇몇을 자신의 먹잇감으로 삼으려 한다는 것까지.

그녀의 배신은 합당한 것이었다. 초혼신이 천도에 어긋나는 존재라면, 그녀의 행동은 천도의 올바름을 따라가고 있다는 것으로 해석될 수 있었다.

아스라이 부모님의 인자한 얼굴이 떠오른다.

손을 잡고 웃어주는 부모님의 얼굴은 지금까지도 잊지 못할 추억이었다.

'이제 안식을 얻으세요.'

가슴이 쿵쾅거렸다. 다스릴 수 없는 기분이었다.

순간 그녀는 자신의 왼손에 힘이 들어감을 느꼈다.

강비였다.

그녀를 바라보며, 꾹 쥐어주는 손이었다.

벽란은 나직이 심호흡을 했다.

"시작합니다. 강 공자, 제게 진기를 옮겨 주세요."

"진기를?"

"네. 저를 매개로 해서 초혼신을 이차로 가두고, 그 안에서 소멸시킬 겁니다."

"그렇군."

"아마 초혼신이 소멸되면, 강 공자도 탈진을 할 수 있어요. 그건 알고 계셔야 해요."

"걱정하지 마라. 한두 번 쓰러진 것도 아닌데."

나른하기만 했던 그의 얼굴에 밝은 미소가 어렸다. 벽란은 그 미소를 보며, 어느새 안정된 스스로를 발견할 수 있었다.

신뢰를 주는 사람이 옆에 있었다.

"시작한다."

"네."

후우우웅.

천천히 눈을 감은 강비.

그의 손과 맞잡은 벽란의 손에서 붉은 기운이 일어났다.

찰나지간 그녀의 육신으로 진기를 옮겨 버린 그였다. 의지가 이는 순간 진기는 벽란의 육신을 가득 채웠다.

'아아…….'

벽란의 눈이 일순 황홀함으로 물들었다.

강비의 기운은 무척이나 강렬했다.

강렬하고, 따스했다.

혹여나 벽란이 다치지 않을까 최대한 가공하고 또 가공한 기운을 보내 주고 있었다.

몸이 붕 뜨는 듯한 감각.

벽란은 깨닫는다.

'원정이…….'

순간 전혀 생각도 못했던 일이 벌어졌다.

그것은 이를 테면, 기적과 같았다.

완전하게 개화된 호천패왕신공이었기에 가능한 일. 패왕진기는 찰나에 벽란의 혈도 곳곳을 모두 헤집으며 잔존하는 초혼의 술력을 체외로 방출시키고 있었다.

그리고 원정으로 파고들었다.

빙백혼의 신기로 대체하려던 원정의 기운을, 태초의 기운으로 돌리고 있었다. 초혼신과 연결이 된 남은 초혼 술력을 완전하게 벗겨내고 그녀 자신이 본래 가져야 할 기운으로 깨끗하게 정립시키고 있었다.

'강 공자.'

다시없을 은혜였다.

초혼신을 잡아준 것도 일평생 갚지 못할 은혜인데, 이제는 그녀 자신의 생명까지 싹틔워 주고 있었다. 그것을 의도했든 의도하지 않았든 강비는 벽란의 심신에 큰 영향을 주었다.

이것은 우연이라는 이름의 필연과 같다.

그녀는 모르고 있었지만, 그것은 본디 그렇게 되었어

야 할 일이었다.

'고마워요.'

강비의 손을 잡은 벽란의 손에 더욱 힘이 쥐어졌다.

그 어느 때보다도 꽉 쥐어진 손.

'이제는 내 차례야.'

초혼의 모든 술력, 영력에서 해방이 되었으니 자신감이 차오른다.

남궁표의 미간에 닿은 벽란의 손에 적백(赤白)의 기운이 서렸다. 강비의 패왕진기와 벽란 본래의 영력이 절묘하게 배합되어 남궁표의 미간으로 파고들었다.

움찔!

남궁표의 몸이 크게 퉁겼다.

진관호의 손이 남궁표에게 향했다.

후우웅.

다른 어떠한 수도 없이, 기의 압력만으로 남궁표를 꼼짝도 못하게 하는 진관호였다.

벽란은 안심하고 일에 집중했다.

열린 심안에, 초혼신의 모습이 보였다.

그 모습은 실로 충격적이었다.

수십 명의 머리가 어깨 위에 여기저기 달려 있었다.

개중에는 노인의 얼굴도 있었고, 미녀의 얼굴도 있었다. 청년의 얼굴도 있었고, 어린아이의 얼굴도 있었다.

남녀노소, 미추, 가지각색의 얼굴들이 초혼신이라는 거대한 괴물을 이루고 있었다.

숱한 세월을 영위해 오며 육신을 바꾼 초혼신이었다. 그 하나하나의 얼굴들이 모두 초혼신에게 달려 있었다.

벽란은 깨달았다.

초혼신은 가끔씩 이해 못할 짓을 저지르곤 했다. 광기에 휩쓸린 것처럼 과하게 손을 쓰기도 했고, 때로는 부처처럼 온화하게 미소 짓기도 했다.

'이것 때문이야.'

아무리 영혼을 몰아내고 육신을 삼켰다지만, 사람의 영혼이라는 것은 항상 육신과 함께하는 법이다. 육신만 놔둔 채로 영혼만 온전하게 몰아낼 수 없는 법이었다.

영혼을 몰아내는 것이 아니라, 본래 육신이 가져야할 영혼들이 잠자고 있었던 것일 뿐이다.

그리고 그 영혼 하나하나를, 이혼대법으로 갈아탈 때 모두 자신의 것으로 흡수해 나간 것이다.

그래서 초혼신의 영력은 방대할 수밖에 없었으며 그래서 초혼신은 미칠 수밖에 없었다. 쓸모없는 기억들을 제거해 나가는 것도, 전부 초혼신의 머리가 포화상태에 이르렀기 때문이리라.

'없애주겠어.'

괴물처럼 수십 명의 머리를 달고 부유하는 초혼신.

그 초혼신의 주변으로 거대한 쇠사슬이 꽉 묶여 있었다. 봉신안의 술법이었다.

철컹.

쇠사슬이 크게 퉁겼다.

초혼신은 분명하게 봉인되었지만, 초혼신의 힘은 무의식적으로 쇠사슬을 때리고 있었다.

이 봉인에서 풀려나고자 발악을 하고 있는 것이다.

'그렇게는 안 되지.'

벽란의 새하얀 기운이 쇠사슬로 씌워지며 봉인을 한층 강하게 만들었다.

철컹이던 쇠사슬이 다시 한 번 꽉 쥐어졌다. 그 어느 때보다도 강한 압력으로 초혼신을 부여잡고 있는 것이다.

'좋아. 죽일 수 있어.'

그때였다.

끄아아악!

수십 개의 머리가 일제히 눈을 부릅뜨며 기괴한 비명을 질러 댔다.

끔찍한 광경이었다.

이곳에서 빠져나가고 싶다는 듯, 고개를 이리저리 저으며 미친 듯이 소리를 지른다. 수십 쌍의 눈에서 피눈물까지 흘리고 있었다.

절로 섬뜩해질 만한 모습이지만 벽란의 정신은 강인했다.

흔들리지 않는다.

새하얀 기운으로 초혼신을 결박하고, 그 사이로 강비의 패왕기를 천천히 불어 넣는다.

끼에에에엑!!

목청이 터져라 소리를 지른다.

피눈물을 흘리던 수십 개의 머리. 이제는 칠공에서 피가 흐른다. 패왕기의 기운이 초혼신의 본체를 건드리자 강하게 반발하는 것이다.

'한순간에 소멸시킬 수도 있지만…….'

그녀의 육신에 머문 모든 패왕기를 한 번에 쏟아 부으면 초혼신은 비명조차 지르지 못하고 소멸될 것이다.

하지만 그럴 수는 없다.

초혼신은 죽일 수 있어도 자칫 잘못하다가는 남궁표가 다친다. 어쩌면 평생을 백치로 살아야 할지도 모른다.

천천히. 천천히.

그 어느 때보다도 조심스럽게.

사람의 생명이 걸린 까닭에, 집중이 극으로 치닫고 있었다.

벽란의 이마에 식은땀이 어렸다.

'움직이지 마!'

하얀 기운은 그리 말하고 있었다.

초혼신의 덜컹이는 몸이 점점 그 발광을 줄인다.

안개처럼 스며드는 패왕기가 미세하게 덩치를 불려갔다. 초혼신의 본체에 적백의 광휘가 어렸다.

'됐어!'

스르륵.

초혼신의 본체가 작아진다.

눈에 보이지 않을 만큼 천천히 작아지고 있지만, 그것은 확실하게 일어난 일이었다.

피를 쏟아낸 칠공. 그곳에서 피조차 멈춘다. 피가 말라붙어서 갈색으로 눌어붙었다.

그저 입만 딱 벌리며 숨을 몰아쉴 뿐.

'이제는 끝이다.'

벽란의 분노 어린 눈과 초혼신의 수없이 많은 눈들이 부딪쳤다.

초혼신의 본체는 외치고 있었다.

나를 놔주라고.

수십 개의 의지가 하나로 합쳐져 외치니 그것은 거의 최면에 가깝다. 그러나 벽란은 흔들리지 않았다.

그녀에게는 본신의 힘과, 강비의 패왕기가 함께하고 있었기 때문이다.

'죽어!'

강하게 발출되는 의지.

백색 기운이 사라지고 패왕기의 기운이 초혼신의 본체를 전부 에워쌌다.

그 순간, 벽란은 볼 수 있었다.

붉게 타오르는 패왕기 사이로, 희끄무레한 하나의 연기가 한 사람의 형상을 이뤄가는 걸.

'노인?!'

어딘가 지친 기색의 노인이었다.

흐릿한 영상이지만 정광이 이글거리는 눈동자가 어딘

지 강비를 연상케 했다. 신검(神劍)을 연상케 했다.

화산을 연상케 했다.

노인은 한 점 삿된 기운 없는 눈으로, 한 점 자비 없는 눈으로 초혼신이라는 괴물을 노려보고 있었다.

콰득.

초혼신의 팔다리가 구겨진다.

우두둑.

머리 하나가 안으로 쑥 파고들었다. 목뼈가 꺾여서 사라지는 영력 하나.

하나, 그리고 또 하나.

우두두둑.

몸이 이리저리 뒤틀리며 고깃덩이로 뒤바뀌는 시간은 길지 않았다.

사람의 형체는 온데간데없이 살색 구체만이 남았다.

픽.

패왕기의 압력이 극을 향해 치닫고.

마침내 초혼신이었던 살색 구체는 연기처럼 사라져 버렸다.

화아아악.

패왕기가 물러나고 백색 기운도 물러났다.

남궁표의 입이 크게 벌어졌다.

적인 대사의 눈이 꿈틀거렸다.

천안통(天眼通)으로 아스라이 보이는 시커먼 망령이 남궁표의 입에서 빠져나오고 있었다. 본시 그것은 볼 수 없는 영역이었으나, 망령의 기운이 너무 강해서 천안통으로도 잡히고 있었다.

'귀천(歸天)하는구나.'

진정한 의미로의 귀천. 저승길로 올라가는 망령이었다.

마땅히 가야할 곳으로 가는, 초혼신이라는 이름의 귀신.

"하아."

남궁표의 숨소리가 안정되었다.

적인 대사는 재빨리 남궁표의 맥문을 쥐었다.

'됐구나.'

초혼신이 요동을 치며 목 뒤의 혈도들이 조금 상했지만 이건 충분히 회복 가능한 상처다. 의술의 힘을 빌릴 필요도 없이 스스로 복구가 가능할 만큼 경미하다.

벽란의 눈이 천천히 뜨였다.

땀으로 흠뻑 젖은 그녀. 하지만 표정이 밝다. 평생의

목적을 달성한 그녀이기에, 두 눈에 서린 빛은 맑고도 고왔다.

스르륵.

“강 공자?”

천천히 벽란의 품으로 쓰러지는 강비다. 그의 몸도 땀으로 가득했다.

탈진해서 기절해 버린 그였다. 의지로 막을 수 없는 기의 탈진이었다.

벽란은 강비를 소중하게 안았다.

그가 없었다면 초혼신의 소멸을 감히 꿈이라도 꿀 수 있었을까.

‘고마워요.’

강비를 꽉 안은 벽란의 두 눈에 맑은 눈물이 흘렀다.

그렇게 초혼신은 이승에서 사라졌다.

*　　　*　　　*

비무의 날이 밝아왔다.

독경(讀經) 소리를 음미하던 적인 대사의 눈이 번쩍 뜨였다.

동이 터오를 무렵, 숭산 아래에서 타오르는 거대한 힘을 느낀 그였다.

새하얀 불길이었다. 세상을 태울 불길이었다.

무력의 화신.

내가 바로 천하제일이라 굳게 외치는, 새외 무림의 절대 강자가 등장한 것이다.

거창하기까지 한 무신의 기파. 한순간에 휩쓸릴 정도로 강하고, 깊었다.

'왔구나.'

천천히 일어나는 적인 대사.

모두가 느꼈을 기파임에도 소림사 경내에서 울려 퍼지는 독경 소리는 스러지지 않았다. 오히려 더욱 맑고 경건하게 울린다.

적인 대사의 입가에 미소가 어렸다.

소림사의 어떤 무승들도 그를 따라오지 않는다. 사전에 통보를 했기 때문이다.

소림사는 이렇게, 본래의 힘을 간직한 채로 살아가면 된다. 모든 것은 방장인 자신이 해결할 것이다.

사박.

한 줄기 바람이 방장실을 맴도는가 싶더니, 어느새

적인 대사가 사라져 버렸다.

숭산 아래, 엄청난 인력이 동원되어 만들어진 거대한 비무대로 향하는 것이다.

강비는 깍지 낀 손을 쭉 뻗었다.

우두둑, 시원한 소리가 울렸다.

"가볼까."

"몸은 어떻소?"

팔짱을 끼고 기다리던 등효가 물었다.

강비는 피식 웃었다.

"걱정하지 마시오."

내외상이 완전하게 치유된 건 아니었다. 아무리 치유력이 좋아도, 며칠 만에 완쾌가 될 수는 없는 법이었다.

하지만 적인 대사 덕택에 본신의 내공만큼은 완벽하게 채워둘 수 있었다.

대환단.

소림 제일의 영약이며 천하에서도 손에 꼽히는 영단.

빼근한 곳은 있어도 힘을 발출하기에 하나 모자람이 없다. 대환단의 힘을 내공 증진으로 돌릴 수 있었지만 강비는 그러지 않았다.

대환단을 촉매로 신공의 진기를 가득 채웠다.

바다처럼 깊고 넓은 강비의 내공이었지만, 대환단의 힘은 실로 놀라워서 바닥을 드러낸 그의 힘을 끝까지 채워놓을 수 있었다. 그러고도 힘이 남아서 혈맥에 그 흔적을 남겨놓았다.

어차피 의뢰 대금으로 줄 대환단이라고 하였다. 강비는 기분 좋게 대환단을 섭취했다.

막사를 나오니, 입구에 수많은 사람들이 서 있었다.

옥인, 벽란, 진관호, 그리고 암천루 무흔조까지.

"뭐 이렇게 거창하게 나왔어?"

하일상이 피식 웃었다.

"중원 무림의 운명이 네 한판 승부에 달렸네. 많이 컸다, 너."

강비는 가만히 웃어 보였다.

"어차피 내가 져도 두 사람이 이기면 되잖아."

"그래도 이겨야지. 암천루 소속 무사가 지면 쓰겠어?"

어느새 곰방대를 구했는지 뻐끔뻐끔 연초를 피는 서문종신이다.

"금방 끝내고 와라. 밥이나 먹자."

서문종신다웠다.

다른 사람들은 굳이 말을 하지 않았다. 그저 신뢰의 눈으로 강비를 바라볼 뿐이었다.

진관호는 그의 등을 팡팡 쳤다.

"죽지 마라."

"불길한 말하지 마."

천천히 내려가는 강비.

어느새 그의 눈동자가 서릿발처럼 굳어졌다.

전투준비 완료였다.

3.
비무작일(比武昨日)

비무 하루 전.

귀영군주, 오강명은 크게 숨을 들이켰다.

"좋군."

완성된 마공을 익힌 그였다. 아직 모든 힘을 갈무리 하지 않았지만 이 정도면 구파의 장문인들과 겨루어도 모자람이 없을 것 같았다.

강인한 자신감이 솟는다.

서문종신과의 전투에서 팔 하나가 떨어져 나간 마호군주가 음산한 음성으로 말했다.

"묘신군주(猫神軍主). 마음은 알고 있지만 속도를 좀

줄이게. 후속 부대가 따라잡지 못하고 있어."

비사림에서의 생활이 아닌, 적지에 파고들어 세작 활동까지 겸하기에 귀영이라 불리는 군주의 또 다른 이명.

묘신이다.

검창륜(劍槍輪), 호랑묘(虎狼猫), 그리고 유령으로 구별되는 칠군주들.

혈검군주와 신창군주(神槍軍主), 전륜군주.

마호군주와 천랑군주, 묘신군주.

그리고 유령군주다.

이 중 천랑군주는 목숨을 잃었고, 유령군주는 특수임무를 띠고 본대와 이탈하였다. 남은 것은 다섯 명의 군주뿐이었다.

다섯이라 해도 놀라운 전력이었다.

한 명, 한 명의 무력이 개세무적이라 할 만하고 그 뒤를 따르는 팔백의 마인들이 있다. 중원의 어느 무림세력을 뒤져도 이만한 전력이 나오기는 힘들다.

만일 비사림이 그간 전력을 깎아먹지 않았다면 그야말로 폭발적인 전세로 세상을 놀라게 했을 터.

그러나 지금으로도 충분하다.

오강명은 피식 미소를 지었다.

"어차피 따라올 거 너무 그러지 마시오."

"마음을 다잡게."

"마인에게 마음을 다잡으라니, 너무 무리한 주문이외다."

마호군주의 눈이 가느다랗게 뜨였다.

귀영군주는 변했다.

냉정하고 사태를 파악하는 안목이 좋았던 오강명은, 반쪽짜리 마공을 완전하게 개화시킨 이후 뭔가가 달라졌다.

포악해졌고, 자신감에 가득 찼다.

자신감이 아니라 거의 자만심에 가까울 정도였다. 적이 없었다면 림내에서 군주들과 시비라도 붙었을지 모르겠다.

뒤에서 따라오던 작달막한 키의 신창군주가 피식 웃었다.

"놔두시오, 마호. 본래 힘없던 놈이 칼 하나 쥐어주면 더 설치는 법 아니겠소."

오강명의 불꽃같은 눈동자가 신창군주에게 향했다.

"그 약자 나부랭이와 칼이라도 한 번 섞어보시겠소?"

"뭐, 원한다면 못할 것도 없겠지."

신창군주는 그 작은 체구에 비해 너무 큰 창을 들고 있었다. 거의 일 장에 달하는 장창이었는데 거의 신장의 두 배 가까이 되는 병장기였다.

오강명이 비릿하게 웃었다.

"됐소. 그래도 임무가 있는데 전력을 깎아먹어서야 쓰겠소이까."

"생각보다 머리가 있군. 그렇지. 자네 하나 정도 없다한들 무리는 없지만 말이야."

대놓고 신경전이었다.

오강명이 으르렁댔다.

"언젠가 내 손에 그 창이 꺾일 날이 올 거요."

"지나칠 정도로 기다려지는군. 한 삼천 년 정도 기다리면 되겠나?"

마호군주가 손을 들었다.

"그만하시게들. 수하들 보기에도 좋지 않아."

두 사람은 서로를 노려보다가 콧방귀를 뀌며 돌아섰다.

세 군주와는 달리 저 멀리에서는 전륜군주가 혈검군주와 함께 병력을 이끌고 오고 있었다. 안정적이고 여유로운 속도였다.

혈검군주를 바라보는 오강명의 눈에 질시가 섞였다.

'마음에 들지 않아.'

예전부터 그랬다. 혈검군주는 마치 자신이 비사림의 주인이라도 되는 양 행동했다.

같은 군주임에도.

강하다는 건 알겠지만, 가끔 자신을 너무 무시했다. 다른 군주들이 혈검에게 머리를 숙이는 것도 마음에 들지 않았다.

'조만간 그 자리에서 내려오게 될 것이다.'

비릿하게 웃으며 고개를 돌리는 오강명이었다.

그가 익힌 마공은 불과 같았다. 한 번 불이 붙으면 꺼지기가 힘들다. 그 막강한 마력(魔力)이 심성에까지 영향을 주고 있었다.

마호군주는 고개를 저었다.

'신창의 말이 아주 틀리진 않아.'

무시당하고 발버둥치던 자에게 갑자기 큰 힘을 주게 되면 어떻게 되는가.

오강명은 그 끝을 보여주고 있었다. 불처럼 거센 자만심도 군주들의 무력 때문에 주춤하고 있지만 기회가 되면 림에 큰 위협이 될 만한 녀석이었다.

'이번 일이 끝나고 축출을 건의해야겠군.'

대대로 귀영군주의 힘은 불처럼 거셌다.

군주들의 마공 중 가장 격렬한바가 있었다. 하지만 지금껏 오강명처럼 과하게 뒤틀렸던 귀영군주는 없었을 것이다.

그렇게 한숨을 쉬며 발을 떼는 마호군주에게.

저 멀리서 혈검군주의 전음이 들렸다.

"병력을 세우게."

절대적인 위엄이 서린 명령.

마호군주의 입에서 거센 소리가 터졌다.

"모두 멈추어라!"

쩌렁쩌렁 울리는 음성에 모두가 길을 멈추었다.

신창군주가 고개를 갸웃거렸다.

"왜 그러시오?"

"혈검께서 멈추라 하셨네."

마호군주의 눈이 저 멀리 혈검군주에게로 닿았다.

누군가가 진을 치고 있는 것 같군. 무시 못할 강자들이 꽤 많아.

마호군주의 호안에 짙은 마기가 서렸다.

'어떤 놈들이 감히.'

어중이떠중이들이 길을 막는다고 혈검군주가 멈추라 하진 않았을 것이다. 그렇다면 혈검군주 말대로, 분명 힘 좀 갖춘 이들이 대기하고 있을 것이다.

"모두 전투준비."

"왜 그러시오?"

"우리를 제지하기 위해 누가 숨어 있다더군."

오강명이 비릿하게 웃었다.

"누가 있다는 거요?"

"혈검께서 하신 명령일세. 허튼소리 말고 전투준비에 들어가게."

선두에서 한참이나 떨어져 있는 혈검군주.

그런 그가 다른 군주들도 모르고 있는 사실을 꿰차고 있는 것이다.

오강명은 주먹을 불끈 쥐었다.

'그럴 리가 있나.'

아무것도 느껴지는 게 없다. 한데도 혈검군주는 적이 있다고 한다.

'이렇게까지 차이가 크다고?'

믿을 수가 없었다.

오강명의 무공은 크게 성장했다. 가히 군주라 불릴

만큼 대단하다. 그런 그가 느끼지 못한 것을, 저리 멀리 떨어졌음에도 알아챘다면 혈검군주와의 차이가 엄청나다는 뜻이었다.

'말도 안 되는 일이지.'

오강명은 코웃음을 쳐 댔다.

"혈검군주께서도 제법 소심하시구려."

마호군주와 신창군주의 눈이 그에게 향했다.

마기가 서린 눈동자. 위압감이 엄청나다.

오강명의 미소는 사라지지 않았다.

"아무것도 느껴지지 않잖소? 당신들도 그렇지 않소?"

마호군주가 한 발자국 나섰다.

마기가 가득한 그의 눈동자는 그 어느 때보다도 불타고 있었다. 오강명의 마기까지 한 번에 집어삼킬 만큼 거센 마공이었다.

"더 이상의 무례는 용납하지 않겠네. 마지막으로 말하지. 전투준비하게."

냉랭해진 목소리. 차가운 불길이었다.

짧게 소용돌이치는 마기였지만 오강명은 순간 등허리에 소름이 돋는 걸 느꼈다.

군주들 중 가장 유한 성격의 마호였지만 한 번 기세를 발산하자 감당이 되질 않았다. 적어도 자신보다 두 수 위, 싸우게 되면 필패를 당하리라.

'엄청난 힘.'

마공을 완성하여 마호든 신창이든 박살을 낼 수 있을 줄 알았건만 그것이 오산이었단 말인가.

오강명은 침을 삼키며 몸을 돌렸다. 자존심은 상하지만 이 정도 강자 앞에서 허튼 짓을 할 수는 없었다.

그렇게 비사림 내 모든 전력이 짙은 마기를 발산할 때.

그 순간이었다.

"혈검군주의 마공이 대단하다더니, 과연 뭐가 달라도 다르군."

허공에서 울려 퍼지는 목소리.

모두가 하늘로 향했다.

그곳에 한 명의 노인이 뒷짐을 진 채로 서 있었다.

허공답보다. 허공에 사람이 서 있다. 그것도 여유롭게.

혈검군주의 눈이 차가워졌다.

"사문당."

법왕교의 대장로.

법신이라 불릴 만큼, 법왕교의 모든 무공, 술법에 통달한 자가 바로 그였다.

사문당이 혈검군주를 향했다.

"혈검. 이렇게 보게 되는군."

초면인 두 사람이었다.

그럼에도 서로를 알아볼 수 있었다. 각자가 발산하는 힘의 크기가, 그 자신을 증명하고 있었기 때문이다.

혈검군주의 발이 땅을 박찼다.

쾅!

큰 폭음이 터진 이후 혈검군주의 발이 허공을 밟았다.

술법을 익혀낸 사문당 정도는 아니지만, 단순한 무공으로도 허공답보가 가능한 사람이 혈검군주였다.

마기의 소용돌이가 혈검군주의 발바닥을 튕겨내며 그의 몸을 허공에 떠오르도록 만들어주었다.

대치하는 두 사람.

아래에서 위를 바라보는 오강명이 침을 꼴깍 삼켰다.

'허공답보라니!'

그로서는 감히 꿈도 꾸기 힘든 경지였다. 혈검군주의 힘은 정말로 상상을 초월하는 것이었다.

사문당은 혈검군주의 눈을 보며 고개를 끄덕였다.

"광룡왕을 잡으러 간다? 아니군. 광룡왕 일행 모두를 없애러 가는 길이로군."

혈검군주의 무표정이 살짝 깨졌다.

놀랐기 때문이다. 사문당은 어떻게 혈검군주의 마음을 꿰뚫어볼 수 있었을까?

사문당은 피식 웃었다.

"비사림주가 자네 형 되는 사람인가? 한데 정상으로 보이진 않는데? 그렇군. 전대 림주에게 당했군."

눈을 보며, 그 내부를 샅샅이 파악해 낸다.

무시무시한 능력. 혈검군주의 눈썹이 파르르 떨렸다.

"어떻게?"

사문당은 비릿하게 웃었다.

오강명의 웃음과 비슷한, 하지만 근거 없는 자만심이 아닌, 근거 있는 자존심이 가득한 눈동자였다.

"자네는 내가 누군지 잘 모르는 모양이군."

사문당의 가슴이 쫙 펴졌다.

나이 많은 노인이지만 어떤 건장한 청년 못지않은 탄탄한 체격이 당당한 패기를 발산했다.

"나는 법왕교의 대장로다. 교주를 제하고는 본교의

정점이지. 그런 나의 눈에, 한낱 마인 따위의 마음을 꿰뚫는 것이 그리 어려운 일인 것 같은가?”

사문당의 발밑으로 불꽃의 바퀴가 어렸다.

마치 저 나타태자라도 되는 양, 양쪽 발밑으로 거대한 화륜(火輪)이 형성되고 있었다. 신비한 광경이었다.

혈검군주는 깨달았다.

‘항마(降魔).’

법왕교는 불가의 무공을 근원으로 한다.

술법이든 무공이든 법왕교의 공부 전체가 항마와 닿아 있다.

그런 불가무공의 정점에 선 사문당에게 있어서 혈검군주의 기세는 제대로 된 힘을 발산하기 어려운 게 당연했다.

물론 그 힘의 역학 관계가 뒤바뀔 수도 있었다. 법왕교의 모든 무공은 마공과 상극이다. 하지만 마공의 힘이 크다면 반대로 항마진기라도 손쉽게 박살 낼 수 있다.

문제는 사문당의 경지가, 혈검군주와 비교해 조금도 모자람이 없다는 점.

몰랐던 사실은 아니었다. 하지만 너무 갑작스럽게 만났다. 그래서 혈검군주는 당황했다.

"당신 혼자만 여기에 있는 게 아니로군."

"물론일세."

"왜 당신들이 우리 앞길을 막나."

사문당의 눈에 어처구니없다는 빛이 어렸다.

"당연한 거 아닌가? 우리는 자네들과 다른 노선을 걸었네. 차후 자네들이 우리를 어찌 할지는 삼척동자도 알 것 같은데."

혈검군주가 으르렁거렸다.

이미 그 무표정은 깨진 후였다.

"먼저 치겠다 그건가."

"먼저 치는 게 당연하지."

사문당의 입에서 낭랑한 목소리가 흘렀다.

"법왕교의 모든 교도들은 백팔번뇌대진(百八煩惱大陣)을 발동하라."

사사삭.

비사림 마인들이 동요했다.

언제, 어떻게 숨어 있는지도 몰랐다. 심지어는 군주들조차도 파악하지 못했다.

거의 삼천에 이르는 법왕교의 무인들이 각자 방위를 잡고 비사림을 에워싸고 있었다.

혈검군주의 눈이 파르르 떨렸다.

'백팔번뇌대진.'

비사림주, 형님의 말이 떠올랐다.

"법왕교는 우리와 천적이다. 물론 그 역학 관계는 얼마든지 뒤바뀔 수 있다. 하지만 그들이 가진 칼 중 가장 날카로운 칼이 있지. 적어도 우리에겐 말이야."

"그게 무엇입니까?"

"백팔번뇌대진."

"진법입니까?"

"무서운 진법이다. 마공을 익힌 자라면, 입신(入神)의 경지에 들지 못한 이상 벗어날 수 없다. 즉, 세상 모든 마인들은 그 진법에서 벗어날 수가 없다는 뜻이다. 나중이라면 모르겠지만, 지금의 나조차도 벗어나기 힘들겠지."

"도대체 무슨 진법이기에."

"마공은 정공과 다르다. 마공은 뒤틀리고, 부풀리고, 고이고, 타오르는 것이지. 백팔번뇌대진에 갇히게 되면 극심한 심마에 시달린다. 마인의 경우 더하지. 폭주하는 마기로 인해 자멸하거나, 미쳐서 적아를 가리지

않고 살수를 쓸 것이다. 심지어는 그 충격에 즉사하는 마인들도 있을 것이다."

"…그렇군요."

"물론 돌파할 방법은 있다. 백팔번뇌대진은 최소 삼백 이상의 병력이 만들어내는 진법이다. 한 번 발동하기까지는 시간이 걸릴 수밖에 없어. 진법이 발동하기도 전에 박살 내면 될 일이다. 하지만 일단 발동이 되는 순간, 마인들은 벗어날 수 없다. 모두 죽겠지."

혈검군주는 눈을 감았다.

발동 전에 박살을 내면 된다고?

'형님.'

이쪽의 길목을 정확하게 파악해 놓은 법왕교는, 무려 삼천의 병력으로 백팔번뇌대진을 구축하고 있었다. 그 절대적인 진법 사이에 비사림이 알아서 걸어 들어간 격이다. 이미 발동 준비를 전부 마쳤으니, 박살은커녕 움직이기도 쉽지가 않았다.

사문당이 미소를 지었다.

"그래도 놀랍군. 진의 중추로 들어갔다면 대번에 박살을 내놓을 텐데, 자네의 능력은 상상 이상이야. 아직

나도 부족하다는 뜻이겠지."

"당신이 삼천 병력을 숨겼나?"

"그렇지."

기겁할 일이었다.

혼자서 삼천이나 되는 병력의 인기척을 모조리 지워 버렸다. 이건 사람의 능력이 아니었다.

"그리 놀랄 일은 아닐세. 이 병력을 통제하는 대신 나는 더 이상 힘을 쓸 수 없어. 전투에 임할 수가 없지. 본교의 교주님이라면 여유롭게 손을 쓸 텐데 말이다."

법왕교주의 무공이 그 정도로 대단하단 말인가.

"무공보다는 술법이라고 봐야겠지. 술법과 무공의 총화. 섞였다고 보면 되네."

사문당이 손뼉을 쳤다.

"자, 말이 많았군. 이제 슬슬 시작해 보세나."

혈검군주는 가만히 사문당을 노려보다가 허리춤의 검을 뽑아냈다.

비사림의 절대마검. 혈인마검(血引魔劍)이었다.

"당신만큼은 꼭 죽여야겠군."

"쉽지 않을 걸세."

"움직이지 않는 놈의 목을 따는 것도 못할 만큼 머저

리라고 생각하나?"

"물론 나는 움직일 수가 없네. 하지만 자네가 상대할 자들은 따로 있어."

사사삭.

하늘 높은 곳.

사문당과 혈검군주보다도 더 위에서 떨어져 내린 두 고수가 있었다.

법왕교의 일장로, 이장로.

비사림의 칠군주와 비견되는 절대고수들의 등장이었다.

"자네는 백팔번뇌대진에서 결코 빠져나올 수 없네. 대진의 진세(陣勢)는 이미 자네의 마기를 포착했어. 광기와 싸우는 와중에 이 두 사람까지 상대한다면, 그것 참 재미있는 광경이 되겠군."

혈검군주는 두 눈을 감았다.

이미 그건 알고 있었다. 근접 불가의 절대 마력 내부를 끊임없이 파고드는 항마기를 느꼈기 때문이다. 설령 소림 방장의 기파라도 이렇게까지 파고들진 못하리라.

마검을 쥔 손이 부르르 떨렸다.

'이렇게 끝이 나는가.'

비사림주의 명령은 반드시 행해야 하는 절대 명령이다.

그런 명령 앞에서, 비사림이 떼로 몰살을 당하게 생겼다.

"쉽지 않을 거다."

차아아앙!

뽑힌 마검에서 불길한 기운이 흘러나왔다. 그야말로 뼛속까지 스며들 것 같은 마기였다.

사문당이 손을 들었다.

"시작하지."

쿠구구궁.

삼천 명이 펼치는 백팔번뇌대진이, 비사림의 마인들을 상대로 완벽하게 개문되었다.

*　　　　*　　　　*

위진양은 저 멀리 보이는 유령군주를 확인하고는 미소를 지었다.

"왔군."

천천히 일어나는 위진양이다.

불편한 심경 그대로를 드러내는 듯 용화신의 기파가 사위로 넘실거렸다. 그 뒤를 채운 선풍개와 광견단원들은 용두방주의 무력이 침을 꿀꺽 삼켰다.

천천히 앞으로 나서는 위진양.

그리고 그 앞으로 오십의 마인들을 대기시킨 유령군주가 나오고 있었다.

"오랜만이군."

산뜻하게 말하는 위진양이었다. 유령군주의 눈이 스산하게 가라앉았다.

"그렇군."

"어디 많이 다쳤나? 행색이 좋아 보이지 않는데."

위진양의 한마디는 유령군주의 울화를 터트리게 만들기 충분했다.

하지만 그는 흔들리지 않았다.

화가 안 나는 게 아니라, 그보다 훨씬 중요한 임무가 있었기 때문이다.

그것도 자신의 목숨을 담보로 한 임무가.

유령군주의 입가에 피폐한 미소가 어렸다.

"나와 달리 잘 지낸 모양이군. 거지 주제에 말이다."

"원래 거지들이 더 건강하지. 이것저것 주워 먹느라

아픈 줄도 몰라.”

유령군주의 눈이 세모꼴로 변했다.

“천한 것들.”

위진양은 흔들리지 않았다.

“그 천한 것들의 대왕에게 패퇴한 작자가 누군지 까먹은 모양이군?”

“저질스러운 행태에 물러났을 뿐이다.”

“그래. 그렇다고 쳐. 그걸로 마음이 편해진다면 말이야.”

한 치의 물러섬도 없다. 서로를 자극하면서도 쉽게 화를 내지 않는다. 그만큼의 수양을 쌓았다기보다, 두 사람 모두 원하는 게 있기 때문이리라.

위진양이 한숨을 내쉬었다.

“자, 보여주게.”

유령군주는 끝까지 그를 노려보다가 오른손을 들었다.

사라락.

마인 한 명이 누군가를 질질 끌고 왔다.

피투성이가 된 몸이다. 제대로 씻지도 못해서 때와 피가 덕지덕지 묻었는데 이런 처참함이 또 없다.

모진 고초를 겪은 제자. 그런 제자의 모습을 본다면 화라도 낼 만한데, 위진양의 표정에는 한 점 변함이 없었다.

"인질 다루는 솜씨가 꽤 고약하군."

"죽이지 않은 것도 다행으로 여겨야지."

"우리는 인질 관리를 꽤나 잘했는데 말이다."

"그건 고맙군."

"고마울 것 없네. 서신으로 밝혔잖은가? 내 제자가 다쳤다면 똑같이 다뤄주겠다고."

유령군주의 눈이 커진다.

위진양이 입을 열었다.

"선풍. 인질의 팔다리를 부수게."

콰드득.

말릴 새도 없었다. 힘없이 고개를 숙인 광호가 찢어지는 비명을 질렀다.

팔다리의 뼈가 모조리 뒤틀린 것이다.

잔혹한 손속이다. 그럼에도 선풍개와 광견단원들의 얼굴은 냉정하기만 했다.

유령군주는 이를 갈았다.

"빌어먹을 거지 새끼들이 감히……!"

"서신에 적은 대로 할 뿐이다. 무서웠으면 내 제자 몸을 제대로 고쳐 놨어야지."

위진양의 표정은 여전히 여유로웠다.

유령군주는 깨달았다.

자신이 졌다는 것을.

자폭 임무와는 완전히 다른 문제였다. 상대에게 기세를 빼앗긴 것이다.

'광호 하나는 무조건 살려야 한다.'

이미 천마단을 섭취한 몸이다. 내부에서 천천히 부풀어가는 마단의 힘. 그걸 건드리기만 하면, 이 육신은 주변 통째를 죽음의 지대로 만들어 버릴 것이다.

하지만 거기에 광호가 섞이면 안 된다.

알아서 빠져나올 수 있도록 조치를 취하려 했거늘, 팔다리를 부숴 버린 것이다. 일이 꼬여도 심각하게 꼬인 셈이다.

위진양이 노린바였다.

실상 제자의 몸 상태가 어찌 되든, 광호를 눈앞에서 거진 박살 낼 작정이었다.

위화감 때문이었다.

분명 저놈들에게는 뭔가 수가 있다. 순순히 인질 교

환에 응했지만 그 외에 다른 뭔가가 있다.

'놈들은 광호를 원한다. 하지만 분명히 다른 걸 또 원하고 있어. 그것도 꽤나 위험한 걸.'

위진양의 통찰력이 빛을 발한 순간이었다.

그는 유령군주의 눈을 보며, 그의 의중을 읽기 위해 집중했다.

"굳이 시간 끌 것 있겠냐 싶기도 하지만, 궁금한 게 하나 있어."

"뭐냐?"

으르렁대는 유령군주에게 위진양은 날카롭게 물었다.

"왜 네가 나타났지?"

"무슨 뜻이냐?"

"보낼 사람은 많잖아. 왜 굳이 네놈이 나왔냐고. 그것도 몸도 성치 못한 놈이 말이다. 나 같았으면 제대로 된 강자를 보내 뒤통수라도 칠 거 같은데."

"너희 거지들과 같은 눈으로 보지 마라."

"거지보다 못한 마귀들 주제에 무슨 개소릴."

한마디, 한마디가 마음을 뒤흔든다.

평상시였다면 흔들리기는커녕 제대로 응대해 주었을 유령군주였다.

하지만 유령군주는 평소와 달랐다.

자폭 임무를 부여받았고 심지어 마공도 정상이 아니다. 고문당한 육신은 피폐하기 짝이 없었다.

육신이 상처를 입으면 마음도 평시와 다를 수밖에 없다. 그건 유령군주라고 다를 바가 없었다.

흔들리는 유령군주의 눈을 보며 위진양은 쾌재를 불렀다.

'더.'

그는 고개를 끄덕였다.

"좋아. 그건 뭐, 됐어. 비사림이 그만큼 네놈을 중용하고 있다는 뜻이기도 할 테지. 설마 하니 자폭이나 시키려고 보낸 건 아닐 거 아냐."

유령군주의 눈꺼풀이 파르르 떨렸다.

위진양의 눈썹이 꿈틀거렸다.

'뭐지? 이 반응은?'

뭔가 본질을 건드린 것 같았다.

'연기인가? 일부러 저런 반응을 보여주는가?'

아무리 육신이 제 상태가 아니라지만 유령군주는 거의 위진양에 필적할 만한 경지를 구축한 고수였다. 끊임없이 흔들리고 있지만, 온전하게 읽어낼 수는 없다. 경지 낮은 이들을 꿰뚫는 신안도 쉬이 파고들지 못하는 것이다.

'정말로 자폭을 원하는 건가.'

두 사람 사이에 묘한 정적이 일었다.

위진양은 피식 웃었다.

"진짜 자폭인가?"

유령군주는 쉬이 입을 열지 못했다.

위진양은 그의 눈동자를 살폈다.

흔들리는 눈. 흔들리지 않으려 노력하지만 그럼에도 흔들리는 눈이다.

'확률이 오 할에서 칠 할로 올랐다. 어쩌면 정말로……?'

일단 광호의 팔다리를 부숴 버린 건 나쁘지 않은 선택이었다.

유령군주는 날카롭게 말했다.

"설령 자폭을 한다 해도 네깟 거지 놈과는 사양이다."

너 정도 위치가 되는 놈에게 굳이 자폭할 이유가 없다는 뜻이다.

위진양은 웃었다.

"너 따위에게는 이 몸도 과분하지. 그놈의 개소리는 쉬지를 않는군."

쉴 틈을 주지 않고 몰아붙이는 위진양이었다. 한 번의 정적 이후, 유령군주는 이전보다 훨씬 흔들리고 있었다.

유령군주가 한마디 더 쏘아붙이려 할 때.

위진양은 손을 저었다.

"됐다. 뭐 더 들어볼 것도 없겠지. 우리 목적에 충실하자고. 인질 교환. 어때?"

유령군주는 이를 갈았다. 열은 열대로 받는데 이걸 쉬이 보여주기도 힘들었다. 임무가 없었다면 훨씬 자연스러운 반응이 나왔을 터, 확실히 그는 무리하고 있었다.

"좋아."

"동시에 던지는, 꽤나 고전적인 수법을 권고하는데. 어떤가?"

사람을 서로 동시에 던진다.

유령군주는 고개를 끄덕였다.

"그러지."

위진양의 눈썹이 꿈틀거렸다.

'이것 봐라? 차분해졌다?'

흔들리던 마음이 점차 가라앉는 것 같았다. 교환 이후, 마음을 다잡은 것 같았다.

'팔 할 이상. 구 할에 가까워지는데……. 설마 이놈들 정말로……?'

위진양은 제자를 바라보았다.

완전히 정신을 잃은 모양새다.

누구로 위장시키지도 않았다. 위진양 정도의 고수에게 그런 얕은 수는 통하지 않는다.

'맞군.'

후개, 서일이었다. 자신이 직접 가르친 똘똘한 제자놈이 맞다.

'조금만 참거라.'

심한 고초를 당했지만 그렇다고 돌이킬 수 없는 상황은 아니었다. 내외상이 무척 심했지만 두어 달 정양하면 충분히 나을 수 있는 상태다.

위진양은 광호에게로 손을 뻗었다.

후우웅.

바둥거리는 광호가 허공에서 떠올라 위진양에게 멱살이 잡혔다.

광호의 두 눈이 공포로 일그러졌다.

위진양이 발산하는 막강한 기세에 겁을 먹은 것이다. 마공이 제대로 일어나지 않자, 기파에 침식을 당한 것이다.

위진양은 잠시 생각에 잠겼다.

'정말 자폭이라면, 그래도 당장 터지진 않을 거다. 일단 거래가 성립해야만 해.'

광호가 저쪽으로 넘어가야만 저들도 안심할 수 있을 터.

위진양은 히죽 웃었다.

"근데 말이다."

"뭐냐."

"동시에 던진다는 말을 하긴 했는데, 내가 너희를 어떻게 믿지?"

유령군주가 어처구니없는 눈빛을 보냈다.

"지금 나랑 장난하자는 것이냐?"

"그건 아니지만, 네놈은 자폭할 거잖아?"

"……!"

위진양의 눈이 굳어졌다.

유령군주가 보여주는 모습.

'진짜다!'

날카로운 검처럼 푹 파고든 질문에 유령군주의 마음도 크게 움직였다.

그 눈을 통해 본 하나의 진실.

'이런 미친놈들을 봤나!'

위진양의 몸에서 자욱한 기세가 퍼져 나왔다. 용화기(龍華氣)였다.

"그래. 그렇단 말이지."

진심으로 확신하는 그였다.

유령군주는 이를 악물었다.

'눈치챘다.'

설령 아니라 해도 위진양은 자폭할 거라 믿을 것이다.

진실을 믿는다. 이제는 돌이킬 수 없다.

광호의 멱살을 꽉 쥔 위진양이 손을 뻗었다.

마치 자신의 것을 내놓으라는 듯, 당당한 태도였다.

"난 너희를 믿을 수 없다. 제자를 내놔라. 내놓지 않으면 광호 이놈의 머리를 바로 터트려 주마."

용화기와 함께 서린 살기는 진실을 외치고 있었다.

마음을 제대로 먹었다. 그는 진짜로 광호를 죽일 작정이었다.

유령군주라고 그것을 모를 리 없었다.

'졌다.'

기세 싸움을 시작했을 때부터.

그는 그때부터 위진양에게 지고 있었던 것이다. 마음이 흔들리고, 상대에게 예측 가능한 결과를 선사한 순간부터 그는 진 것이나 다름이 없었다.

그렇다고 광호를 죽이게 놔둘 수도 없었다.

순간 유령군주의 눈에 번뜩이는 마기가 서렸다.

'빌어먹을. 도대체 내가 왜!'

마지막 순간까지 위진양에게 농락을 당했다고 생각하니 열불이 치솟았다.

비사림을 위해서 이 한 몸 바쳤다.

숱한 임무에 나섰고, 숱한 자들을 죽였다. 그나마도 호쾌하게 싸운 건 두어 번이 전부였다. 이 대단한 무공을 가지고도 제대로 움직여 본 적이 없었다.

그 모든 욕망을 억누른 채 림에 충성을 다했거늘, 돌아오는 건 모욕과 자폭 임무다.

한 번 울화가 치밀자 꺼트릴 수 없는 불길로 화하였다. 타오르는 분노가 무시무시한 속도로 그의 몸을 집어삼켰다.

위진양은 이를 악물었다.

'이 자식 설마.'

피할 수 없는 구석으로 몰린 사람이 얼마나 위험한 발상을 할 수 있는지 위진양은 모르지 않았다.

그의 좌수에 용화기가 집중되었다.

"막바지에 이르니 결국 자포자기인가? 군주라는 자존심도 별게 없군."

위험한 말이었다.

이 상황에서 상대를 더 격동시키는 발언이다. 결코 좋은 선택이 아니었다.

하지만 위진양의 말은, 놀랍게도 유령군주의 마음을 한없이 흔들고야 말았다.

퍼뜩 놀라는 유령군주다.

'이 내가…….'

평생을 비사림을 위해 충성한 대가가 고작 이따위 모욕과 죽음?

그게 전부가 아니었다.

최소한 군주로서의 자존심은 지켜야 하지 않겠는가. 그건 당연한 일이었다.

군주로서의 자존심은 목숨보다도 귀하다.

비사림을 위한 것이 아닌, 자신을 위해서.

유령군주는 나직이 심호흡을 했다.

"인정한다. 네 짐작대로다. 인질 교환 이후, 나는 자폭함으로써 너희 거지들을 이 자리에서 다 묻어버릴 생각이었다."

순순한 고백이었다.

위진양은 그저 가만히 그를 바라보기만 했다.

"네가 알아챘으니 이젠 별수도 없군."

"그렇지."

"하지만 부탁 하나 하고 싶군."

"뭐냐?"

"나는 나의 마지막이 화려하길 원한다. 아니, 화려하지 않아도 좋아. 적어도 나쁘지 않았으면 좋겠어."

유령군주의 마안이 위진양을 직시한다.

"교환 이후, 나의 상대가 되어라."

"뭐라?"

"나의 죽음을 건넬 상대가 개방의 용두방주라면, 그다지 나쁜 마무리도 아니겠지. 나는 비사림의 칠군주가 아닌, 온전한 유령군주로서 개방의 용두방주에게 비무를 청하고 있는 것이다."

위진양의 눈이 형형하게 빛났다.

유령군주는 진심이었다. 여전히 마기로 물든 눈동자였지만, 마지막에 와서 뭔가를 깨닫기라도 한 건지, 진심으로 그리 말하고 있었다.

"만약 내 부탁을 들어주지 않는다면 이 자리에서 자네 제자는 고혼이 될 걸세."

비사림을 위하지 않는 군주.

하지만 이제는 스스로를 위하는 군주였다. 그랬기에 그의 말은 단순한 협박이 될 수 없었다.

마인이지만 마지막에 와서 인간다운 모습을 보여주는 그였다.

위진양은 가만히 그를 보다가 이내 고개를 끄덕였다.

"자폭이 아닌 무공의 겨룸이라면 나 또한 피할 마음은 없어."

"좋아. 용두방주, 그 협의의 이름을 믿겠다."

"나 역시. 군주의 자존심을 믿지."

인질 교환 이후 한판 승부라는 약속을 지켜라.

자폭이 아닌 무공의 겨룸이라는 걸 네 자존심을 걸고 지켜라.

두 사람의 말은 그와 같았다.

유령군주는 살짝 웃었다.

마기가 잔뜩 서린 얼굴이지만, 위진양은 문득 유령군주의 얼굴이 그리 역겹지 않다고 생각했다.

"차라리 진즉 이럴 걸 그랬어. 쓸데없이 신경전만 벌이다가 별 추한 꼴만 다 보였군."

위진양의 눈이 커졌다.

유령군주는 놀랍게도, 정신을 잃은 서일을 든 채 그대로 던져 낸 것이다. 이쪽에서는 아직 광호를 잡고 있음에도.

사락.

진기로 부드럽게 서일을 받은 위진양.

서일의 눈꺼풀이 파르르 떨려왔다.

위진양의 용화기가 서일의 내부를 일깨운 것이다.

"…사부님."

"고생이 많았다."

"심려를 끼쳐 드렸습니다."

"웃기는 소리하지 말거라."

선풍개에게 서일을 맡긴 위진양은 다시 한 번 유령군주를 살폈다.

전신 가득 마기를 발산하지만 묘하게 허허롭다. 도사

라도 되는 모양새였다.

위진양이 살짝 웃었다.

"마지막에 와서 왠지 아쉬워지는군. 지금의 자네라면 적어도 술 한잔하기에 모자람이 없겠는데. 상황이 여의치가 않아."

유령군주는 고개를 저었다.

"나라면 그 술잔에 독이라도 바를 걸세."

"뭐, 어차피 술자리는 물 건너갔으니."

위진양이 광호를 던졌다.

유령군주는 그대로 광호를 받고는, 뒤의 마인들에게 건넸다.

"너희들은 모두 소림주를 데리고 림으로 향해라. 어떻게 해서든 소림주의 몸을 고쳐 놔."

마인들 모두가 고개를 푹 숙였다. 명령을 듣고, 바로 움직이는 그들이었다.

위진양이 손을 탈탈 털었다.

"선풍."

"예."

"제자 좀 고쳐 놓으시게. 곧 뒤따라가겠네."

선풍개는 씨익 웃었다.

"좋은 마무리 지어주십시오."

"그럴 작정이네."

그렇게 선풍개, 서일, 광견단까지 전부 사라졌다.

유령군주는 어깨를 으쓱였다.

"지금 자폭해도 결국 자네 하나만 날아가겠군."

"참으로 안타깝군. 이미 자네가 자폭할 거라는 걸 안 순간 내게 통하지 않네. 운이 좋으면 팔 하나 가져갈 수 있을지 모르겠군."

유령군주는 피식 웃었다.

아마 위진양은 모를 것이다. 자신의 내부에서 잠자고 있는 천마단의 위력이 얼마나 거셀지. 정면으로 상대할 경우, 설령 혈검군주라도 한 줌 재로 만들어 버리는 것이 천마단이라는 마물이었다.

유령군주는 굳이 설명하지 않았다.

"자네 말이 맞아."

스르릉.

허리춤에서 한 자루 검이 빠져나왔다.

이전 전투에서 묵사검을 잃어버린 그였다. 새로이 얻은 검은, 그저 평범한 소검(小劍)이었다.

여느 대장간에서 쉬이 구할 수 있는, 지극히 평범한

소검.

위진양의 양손에 막강한 용화기가 어렸다.

"오게."

"가네."

파아악.

그렇게 두 절대고수가 숭산의 이름 모를 곳에서 조용한 한판 승부를 벌였다.

*　　　　　*　　　　　*

오강명은 피를 왈칵 토했다.

"커헉!"

피를 토했음에도 내부가 들끓는다.

들끓는 것은 내상이자 마기였다. 도무지 막을 수 없는 불길처럼 내부 전체를 태워 버리고 있었다.

'이게 도대체 무슨 일이냐!'

주변을 둘러보았다.

흐릿하게 주변 정경이 보였다가 다시 어둠으로 다가온다. 정신을 집중하면 미친 듯 날뛰는 군주들과 마인들이 보이는데, 한순간 정신을 놓으면 어둠이 주변을 에워싸고 있었다.

"갈!"

크게 소리를 지르며 마기를 폭발시키는 그다.

사라락.

놀라운 광경이었다.

짙은 마기가 퍼져 나감에, 어둠이 사라지고 있었다.

하지만 그뿐이다. 한 번 몰아선 어둠은 그걸로 사라지지 않았다. 먹이 물 위로 떨어지듯 싸아악, 소리를 내며 다시 경관을 지워내고 있었다.

어둠이 다가설수록 마기가 요동친다.

'통제되질 않는다!'

자신의 의지대로 움직여야 할 마기가 폭주하고 있었다. 오장육부가 당장이라도 뒤집어질 것 같았다.

오강명은 정신을 집중하여 뒤를 바라보았다.

마호군주의 얼굴이 슬쩍 보였다. 눈을 감고, 이를 악무는 그의 모습이 보였다.

'저건?'

그 옆.

일장에 달하는 장창을 휘둘러 바로 뒤, 마인 하나의 머리통을 터트리는 신창군주가 보였다.

신창군주의 눈동자는 붉고도 붉었다.

시뻘겋게 달아오른 모습. 마호군주의 얼굴과는 전혀 달랐다.

'모두가…….'

퍼억!

"큭."

느닷없이 한 대 맞은 오강명이었다. 등허리에서 찌르르 한 아픔이 느껴졌다.

요동치는 마기는 덤이었다. 그렇지 않아도 통제가 불가능한데, 한 대 맞은 이후 마기가 폭발적으로 내부를 휘젓기 시작했다.

"쿨럭."

코와 입에서 시커멓게 죽은피가 터져 나왔다.

오강명의 눈에서 혈광이 번쩍였다.

"이 개새끼가!"

그렇지 않아도 마음에 들지 않던 놈이었다.

그의 손에 잡힌 묵곤(墨棍)이 바람처럼 신창군주에게 날아갔다.

퍼억!

신창군주가 외마디 비명을 지르며 얼굴을 부여잡았

다. 좌측 얼굴을 거의 갈다시피 한 일격이었다.

"이놈! 맛이 어떠냐?"

오강명의 얼굴이 진한 쾌락이 어렸다.

이곳을 벗어나야 한다는 생각이 수그러든다. 당장 저 신창군주를 박살 내고 싶었다. 그 다음, 마호군주를 때려눕혀 자신이 그들보다 강자라는 사실을 증명하고 싶었다.

아니, 그게 아니었다.

비사림의 제일을 외치고 싶었다. 이곳에 있는 모든 마인들을 때려눕히고, 자신의 발 아래에 거느리고 싶었다.

발산되는 욕구다.

오강명의 몸에 시커먼 마기가 서렸다. 통제되지 않은 마기가 그의 욕망으로 달아올라 불꽃처럼 터지고 있는 것이다.

신창군주는 이를 악물었다.

"저 미친놈!"

무슨 환상이라도 보는 것일까.

마인 하나의 머리통을 날려 버리고는 미친 듯이 웃는다. 이미 눈은 정상이 아니다. 두 눈동자에 서린 광기를 보건대, 이미 마기가 골수까지 들어찬 것 같았다.

'제기랄.'

더 미치겠는 건 자신도 곧 저리될 것 같다는 사실이었다.

그것은 확신이었다. 그럴 가능성이 높은 게 아니라, 분명 저렇게 변할 것이다.

내부를 관조하고, 광마심법(狂魔心法)을 운용했다.

'큭.'

광마심법은 그 이름답게 무척이나 광포한 마공이었다. 폭발적인 마기를 이용, 일격에 쏟아내는 힘을 최대한으로 증폭시키는 것이 광마심법의 요체였다.

'실수다!'

광마심법으로 마기를 다스리려 했지만 그게 곧 실수였다.

마기는 더 날뛰었다. 심법의 강력함이 타의 추종을 불허하기에 오히려 이 괴상한 공간에서는 통제를 벗어나 버리는 것이었다.

장창을 쥔 손에서 핏줄이 우둑 돋았다.

'난 무너지지 않는다!'

기어이 의지를 다잡는 그였다.

그때였다.

퍼어억!

"악!"

어찌나 극심한 고통이던지, 신창군주는 자신의 창조차 내던지고 좌측 어깨를 부여잡았다.

좌측 어깨.

그 아래가 통째로 사라졌다. 왼팔이 뜯겨져 나간 것이다.

신창군주의 떨리는 눈이 전방을 향했다.

비릿하게 웃고 있는 마호군주가 보였다.

"어떠냐? 팔 하나로 살아가는 기분이 어떠냐고?!"

"마호군주! 미쳤소? 정신을 차리시오!"

"으하하! 미쳤냐고? 그래, 미쳤다! 이미 미쳐 버렸다고!"

호랑이처럼 포효하며 하나뿐인 주먹을 휘두르는 그였다.

신창군주는 이를 악물며 그 거센 주먹을 피해냈다. 제대로 직격을 당하면 내상 정도로는 끝나지 않을 만큼, 마호군주의 권법은 강력했다.

'제기랄!'

울화가 치밀었다.

아무리 이 기묘한 공간에 휩싸였다지만, 마호군주 씩이나 되는 인간이 동료의 팔을 뜯어버리다니!

'죽인다!'

울화가 터지니, 두 눈에서 뿜어지는 마기의 농도도 짙어진다. 마기는 광기로 화하여 그의 정신을 침범하기 시작했다.

"이놈!"

하나뿐인 손에 어느새 장창이 잡히고, 일 장에 달하는 창이 기기묘묘한 변화를 일으키며 마호군주의 전신을 위협했다.

퍼버벅!

창대로 신들린 듯 처맞는 마호군주였다.

전신, 곳곳을 창대로 맞는데도 마호군주는 끄떡이 없었다. 그저 피를 토하며 주먹을 휘두를 뿐이었다. 고통도 못 느끼는 것 같았다.

'좋아. 끝까지 해보자 이거지?'

어차피 밟고 올라서야 할 놈이었다. 군주들 중 가장 유연한 사람이 마호군주임은 알았지만 그렇다고 그가 좋다는 의미는 아니었다.

마인이란 응당 호전적이어야 한다.

그것이 곧 마인이다.

"이 나약한 놈!"

퍼어억!

기어이 거리를 벌려 창날로 마호군주의 가슴팍을 찔러 버리는 신창군주였다.

짜릿한 쾌감이 손끝을 타고 올랐다.

자신보다 반 수 위의 강자인 마호군주를 죽였다는 것이 신창군주에게 극한의 쾌감을 선물하고 있었다.

"내가 너보다 더 강해!"

포효하는 마기.

마호군주는 이를 악물었다.

'귀영. 신창.'

두 사람이 미친 듯이 주변을 휩쓸고 있었다. 두 눈을 보건대, 완전히 광기에 사로잡힌 듯했다.

'이런 지독한 진법이!'

이건 진법이었다.

하지만 세상에 이런 진법이 존재할 수 있단 말인가.

비사림의 모든 마인들이 한꺼번에 미쳐 가고 있었다. 이런 대규모 진법이 세상에 존재할 줄은 상상조차 해본

적이 없었다.

그는 이를 악물고 마기를 놓았다.

통제하려고 해선 안 된다. 통제하는 즉시 내상은 심해질 것이고, 마기가 골수까지 치밀 것이다. 제정신을 조금이라도 오래 유지하는 방법은 날뛰는 마기를 그대로 놓는 방법뿐이었다.

콰득!

마호군주의 눈이 일그러졌다.

어느새 미친 듯이 달려온 오강명이 비릿한 미소를 지으며 그의 쇄골을 후려친 것이다.

굵직한 쇄골에, 묵곤이 때리고 들어간 자국이 났다.

부러졌다.

그나마 오른쪽이 아니라서 다행이라 할까. 하지만 중상임은 틀림이 없다.

그는 본능적으로 마기를 이용, 뼈를 맞추려다가 아차했다.

몰려드는 마기가 뼈를 움직여 단단하게 고정시켜 두었지만 순간 좌반신 전체가 마기에 휩싸였다. 통제되지 않는 마기가 뒤집어지며 좌측 혈도 대부분을 파괴시키고 있었다.

'이런!'

이러다가 심맥까지 파고들겠다. 제아무리 마인이라도 심맥이 타격을 입으면 돌이키기 힘들다.

그렇다고 방법도 없다. 통제하려 하면 할수록 마기는 더욱 기승을 부릴 것이다.

그때였다.

서걱.

마호군주의 눈이 자신의 오른팔로 향했다.

하늘을 나는 오른팔. 그리고 그 오른팔을 잘라 버린 것은 하나의 거대한 륜(輪)이었다.

"전륜!"

뒤를 바라보니, 귀영과 신창 못지않게 붉어진 눈의 전륜군주가 보였다.

전륜군주의 힘은 엄청났다.

그 무력에 있어서는 마호군주와 별 차이가 없지만, 대규모 학살에 있어서는 전륜군주가 마호군주를 압도한다.

주변을 빙빙 도는 여덟 개의 철륜(鐵輪)이 비사림 마인들을 모조리 베어내고 있었다. 제멋대로 날아가지만, 전륜군주의 마기를 이어받았기에 피할 수도, 막을 수도 없다.

'지옥…….'

이곳은 지옥이다.

마인들의 지옥이었다.

마호군주는 눈을 감았다.

오른팔이 날아가며 출혈이 일어났다. 마기로 통제할 수 있을 테지만 그냥 놔두었다. 어차피 일순간에 불과하다. 통제되지 않는 마기는 우반신까지 완전한 파괴를 일삼을 것이다.

'이것이 죽음.'

순간 한 명의 노인이 떠올랐다.

곰방대를 쥔 노인. 신선이 막 하강한 것처럼 고아한 자태에 괴상한 욕설을 내뱉는 자였다.

그는 자신을 서문종신이라 칭했다.

전륜군주가 오지 않았다면, 팔 하나가 아니라 목이 날아갔을 것이다. 혈검군주와 필적할 만한 고수를 그는 중원에서 처음 보았다.

'차라리 그때 명예롭게 죽을 것을.'

그렇게 마호군주는 피를 쏟아내며 죽어갔다.

하늘 높은 곳에서 그 광경을 내려다보는 혈검군주의

눈에 핏발이 섰다.

'군주들이!'

귀영군주와 신창군주, 전륜군주는 미쳐 날뛰고 있었다.

마호군주는 엎어져서 벌벌 떤다. 박살 난 쇄골과 날아간 오른팔, 그리고 번져 가는 피를 보건대 딱 봐도 살아나긴 글렀다.

마인들의 숫자가 빠르게 줄어간다.

저들끼리 공격하는 놈들도 있었고, 머리를 부여잡고 바닥을 뒹굴다가 이내 간질에라도 걸린 듯 벌벌 떨며 죽는 놈들도 있었다.

지옥도 이런 지옥이 없었다. 천하의 혈검군주조차도 이 기괴한 광경에 가슴이 다 섬뜩해질 지경이었다.

쩌어어어엉!

더 미치겠는 것은 몰아쳐 오는 적들의 무공이었다.

한 명, 한 명은 자신보다 약하지만 두 사람의 합공은 굉장한 부담이었다.

게다가 그 역시 백팔번뇌대진의 목표물 중 하나였다. 지독한 항마진기가 그의 마기를 들끓게 하며 내부를 빠른 속도로 붕괴시키고 있었다.

혈검군주의 지친 눈이 허공에 떠 있는 사문당에게로 향했다.

법신 사문당.

그 절대자의 눈이, 땅에 떨어지는 또 다른 절대자에게 닿는다.

'이길 수 없다.'

어느 때라도 포기란 없다. 하지만 이 상황을 돌파할 어떠한 수도 보이지 않았다.

눈앞에 캄캄해진다.

'다 죽는구나.'

난생처음으로, 아니 두 번째로 포기를 하는 혈검군주였다.

'형님을 막았어야 했다.'

지난날이 떠오른다.

막강한 무공을 지닌 형님이, 야망을 이기지 못하고 전대 림주를 습격하던 날.

아무리 막으려 해도 막을 수 없었던 형님이다. 차마 친형에게 살수를 쓸 수 없었기에, 말도 통하지 않았기에 포기할 수밖에 없었다.

비사림을 떠날 결심을 했다.

아무리 마인이라도 지킬 것은 지켜야 했다. 비사림의 충성을 벗어난 형을, 그는 가만히 두고 볼 수가 없었다.

하지만 그는 떠나갈 수도 없었다.

습격을 당한 비사림주는, 그래도 비사림주였다. 그 막강한 무공으로 형님에게 치명적인 상처를 안겨주었다.

그때부터 형님은 미쳐 갔다.

내상이 문제가 아니었다. 전대 비사림주는 친형이자 당대 비사림주의 정신을 거의 반절에 가깝게 파괴시켜 버렸다.

혈검군주는 형님을 포기할 수 없었다.

비사림도 포기할 수 없었다.

한 번의 포기로 족했다. 그는 비사림으로 돌아와 혈검군주가 되었고 이내 당대 비사림주를 위해 한 몸을 바쳤다.

그때에 이어 두 번째 포기다.

그리고 이번 포기는 마지막이 될 것이다.

혈검군주의 혈인마검에서, 이내 무시무시한 혈광이 번뜩였다.

백팔번뇌대진의 항마기를 주춤거리게 할 만큼 막강한 마기였다. 한순간 모이는 마기의 총량이 대진의 기세를 몰아낼 만큼 강했던 것이다.

"그래, 적어도 개죽음은 되지 말아야지."

혈검군주의 얼굴에 시원스러운 미소가 걸렸다.

평생 한 번도 남에게 미소를 보여준 적이 없던 혈검군주. 그런 그의 미소는 어색했지만 의외로 맑았다.

사아아악.

횡으로 휘둘러지는 절대마검.

광호의 혈운참과는 감히 비교 자체가 되지 않는, 비사림 최강의 검이 시뻘건 마운(魔雲)을 일으키며 법왕일장로와 이장로에게로 몰려들었다.

사문당이 소리쳤다.

"위험해!"

사문당의 외침은 늦었다.

생명까지 불사른 혈검군주의 일검은, 설령 사문당 그 자신이라도 감히 맞받아치기 어려운 위력을 담고 있음에, 일장로와 이장로는 기가 질린 기색으로 병장기를 들어 마주할 수밖에 없었다.

콰아아아앙!

무시무시한 폭음이 대진을 크게 흔들었다.

단 일격이었지만 그 충격의 농도가 지나치게 심했기

에, 삼천 명이 잡고 있는 대진의 진세까지 충격을 받은 것이다.

혈검군주는 허공에서 양팔을 벌렸다.

이미 손에 쥔 혈인마검은 검자루만 남은 채 모조리 박살 나 있었다. 그 단단한 마병이 혈검군주 최후, 최강의 마기를 견뎌내지 못한 것이다.

그는 눈을 감았다.

'이런 최후도 나쁘지 않겠지.'

한 방울의 마기를 제외한, 원정까지 파괴시켜 뽑어낸 마력에 이장로의 육신과 일장로의 오른 다리는 먼지처럼 사라져 버렸다. 사문당의에게는 크나큰 내상까지 입혔다.

마지막 가는 길, 절대고수 한 명을 죽이고 대적 둘의 육신에 무시 못할 상처까지 입혔다면, 그걸로 되었다.

그걸로 만족한다.

텅텅 빈 그의 내부로 무시무시한 항마기가 침투했다. 전신이 마기화가 된 혈검군주였다. 항마진기는 파고듦과 동시에 그의 육신을 뿌리부터 파괴시켰다.

'형님. 부디 제 몫까지…….'

퍼어엉!

허공에서 터지는 혈검군주의 육신.

살점 하나 남지 않고 산산조각이 난 혈검군주였다.

그리고 정확히 반 시진 뒤.

백팔번뇌대진에 들어선 비사림의 전 병력은 완전 몰살을 당했다.

*　　　　　*　　　　　*

유령군주는 파랗게 질린 얼굴로 웃었다.

코와 입에서는 피가 줄줄 샜지만 그의 웃음은 그런대로 볼만했다.

"괜찮지 않았나?"

위진양은 한 사발의 피를 토하곤 일어났다.

쩍 벌어진 가슴. 유령군주의 귀검을 맞은 것이다.

"괜찮은 일격이었네."

"영광이군. 천하의 용두방주 입에서 그런 말이 나오다니 말이야."

"언제는 거지라고 무시했으면서?"

"거지가 보통 거지여야 무시를 하지."

어쩐지 정감 어린 대화였다.

위진양은 유령군주의 가슴을 바라보았다.

그곳에는 사람 주먹만 한 구멍이 뻥 뚫려 있었다. 위진양의 권경이 유령군주의 가슴에 구멍을 뚫어버린 것이다.

그러고도 입을 열 수 있는 것은, 그만큼 유령군주의 마기가 대단하다는 뜻이리라.

유령군주의 안색이 점점 파랗게 질려갔다.

"괜찮은 마무리였지?"

위진양은 바로 대답하지 않았다.

바로 대답하기에는, 비사림의 침공으로 죽은 죄 없는 사람들이 너무 많았기 때문이다.

하지만 그는 결국 고개를 끄덕일 수밖에 없었다. 상대가 지독한 마인이 아닌, 스스로의 자존심을 지킬 줄 아는 무인이라 인정했기 때문이다.

"나쁘지 않은 마무리였네."

"망할 거지, 괜찮다고 하면 뭐가 덧나나."

"사실은 사실이니까."

유령군주의 얼굴이 환해졌다.

"뭐, 그것도 좋지."

위진양은 한숨을 쉬었다.

"내세에서 볼 수 있다면, 그때 또 보세나."

"내세라는 게 있다면 말이지."

유령군주는 슬쩍 위진양을 바라보았다.

"거지."

"왜?"

"이제 슬슬 피하게."

"무슨 말인가?"

"그냥 머리통을 날려 버리지 왜 가슴을 박살 냈나. 머리가 박살 났으면 그 아래라도 온전했을 텐데."

위진양의 눈썹이 꿈틀거렸다.

"…자폭인가?"

"…천마단이라는 약물이 있지. 상단전이 남아 있는 한 어떻게 해서든 터지게 될 거야. 그렇다고 지금 머리통을 날려줄 것 같지는 않으니, 숨이 끊어지기 전에 어서 피하게."

"용케 그런 것까지 알려주는군."

"나를 이긴 놈이 폭발 따위로 휩쓸려 죽는 걸 원하지 않는다. 더 날뛰어라. 네가 지면, 나의 인생은 더 비참해져."

이해하기 힘들면서도, 어쩐지 이해할 수 있을 것 같은 말이었다.

가만히 그를 바라보던 위진양.

이내 포권을 취한다.

"죽는 그날까지 유령군주라는 위대한 무인이 있었음을 잊지 않을 것이오."

유령군주가 고개를 끄덕였다.

"나도 자네처럼 멋들어진 인사라도 해주고 싶네만, 상황이 여의치가 않군."

"……."

"이만 가게."

위진양은 마지막으로 그의 눈을 본 후, 신법을 펼쳤다.

파악.

놀랍도록 경쾌한 경신술이었다.

유령군주는 실실 웃었다.

"쓸데없는 배려였군."

저 정도 힘이 남았다면 충분히 그의 검을 피할 수 있었을 것이다. 위진양은 마지막에 그의 검을 정면으로 받아준 것이다.

유령군주는 눈을 감았다.

'그래. 나쁘지 않았으면 되었…….'

콰아아앙!

그의 육신에서 증폭된 천마단이 거대한 폭발을 일으켰다.

반경 삼십여 장, 그 이상까지 퍼져 나가는 폭발이었다. 유령군주의 마기가 짙었기에 폭발 반경이 더욱 늘어나 버린 것이다.

멀리서 그 광경을 바라보던 위진양은 고개를 저었다.

"승부 중에 터트렸다면 피할 생각도 못했겠군."

유령군주는 그 스스로의 자존심을 지켜낸 것이다.

위진양은 그 폭발을 일별하고 제가가 향한 곳으로 발길을 돌렸다.

비무 하루 전.

비사림의 모든 군주들과 모든 전투부대가 이 세상에서 사라졌다.

4.
무신격돌(武神激突)

비무대에는 많은 사람들이 인산인해를 이루고 있었다.

당연히 거의 모든 사람들은 중원 무림인들이었다. 개중에는 구경을 하고자 나선 민초들도 많았다.

중원 무림과 새외 무림의 한판 승부.

총 세 번의 비무가 이뤄지며, 이판선승을 이룬 쪽이 모든 것을 얻는 싸움.

운명의 대결이라면 운명의 대결이지만 또한 이만큼이나 흥미진진한 비무도 없다. 중원이니 새외니를 떠나 무림인이라면 누구라도 구경해 보고 싶은 비무였다.

중원의 절대 강자 세 명.

또한 새외의 절대 강자 세 명이다.

사람은 많았지만 소음은 거의 없었다. 기대가 큰 만큼 부담도 큰 법이다. 넘쳐 나는 사람들 사이로 숨길 수 없는 긴장감이 선율처럼 흐르고 있었다.

그렇게 기웃거리는 사람들 사이로.

일단의 무리들이 나타난다.

그저 걷는 곳이 곧 길과 같았다. 알아서 사람들이 물러설 만큼 압도적인 기세를 풍기는데, 누구도 그 앞에서 멈춰 설 수 없었다.

비무대의 전면으로 들어오는 자들은 시커먼 무복의 고수들이었다.

하나하나가 절정고수 아닌 자들이 없다. 서릿발처럼 굳어진 기세가 그야말로 감탄을 자아내게 하지만, 동시에 알 수 없는 공포를 느끼게 했다.

새외의 호랑이. 무신성 최강의 무력집단.

흑호령이었다.

그리고 흑호령의 가장 선두에는 흑호령주 곽동산이 큼직한 칼을 든 채로 걸어오고 있었다.

웅성거리는 무림인들이다.

새외 무림인들의 등장이라면 욕이라도 한마디 던질 법도 한데, 누구도 뭐라 하는 사람들이 없었다.

정확히는 뭐라 할 수가 없는 것이다.

흑호령의 등장만으로도 비무대 일대가 조용해졌다. 그만큼 그들의 전력이 막강하다는 뜻이다.

그리고 흑호령 뒤로 두 사람이 걸어왔다.

한적하기까지 한 걸음걸이지만 두 사람이 뿜어내는 기파는 실로 대단했다. 특히나 중년인이 풍기는 기파는, 가히 인세의 그것 같지가 않았다.

숭산 전체를 날려 버리겠다는 듯 무지막지한 기파를 발산하는 남자.

주변에 웅성이던 사람들 전부가 뒤로 물러서기 급급했다. 영역 안으로 들어가는 순간 숨조차 쉬지 못할 것 같았기 때문이다.

물러선 이들 하나하나가 모두 일류 고수들임을 생각하자면, 중년인의 무공은 그야말로 추측할 수 없는 지경에 달했다고 봐야 했다.

"무신성주."

낭랑하게 울려 퍼지는 목소리.

커다란 비무대를 사이에 두고, 적인 대사와 신회의

눈동자가 마주쳤다.

적인 대사의 얼굴이 굳어지고, 신회의 눈동자에 기광이 번뜩인다.

"과연, 대단하군."

신회의 입에서 나온 평가였다.

소림 방장, 적인 대사를 보면서 그와 같은 평가를 내릴 수 있는 자.

그런 평가를 내렸음에도 딱히 곤란함을 느끼지 않는 자.

그가 바로 신회였다.

"무신성주를 뵙소. 적인이외다."

그 흔한 불호성(佛號聲)도 없다. 사문을 얘기하지도 않는다.

온전히 적인으로서 이 자리에 선 그였다.

신회의 미소는 변함이 없었다.

"무신성주다. 만나서 반갑군."

참으로 오만한 대답이다. 그러나 누구도 그에게 눈총 한 번을 보내지 못했다.

그는 실로 그런 오만을 보일 만한 사람이었다.

신회는 주변을 둘러보며 고개를 끄덕였다.

"뭐, 길게 시간을 끌 필요가 있겠나? 쓸데없는 서론으로 이 뜨거운 기분을 망치지 말지. 동의하나?"

"빈승 역시 성주의 말씀에 동감하오."

"좋군. 생각보다 훨씬 시원시원해."

신회가 손뼉을 쳤다.

"우리는 여기에 앉지. 뭐, 대단한 막사 같은 것도 필요하지 않아."

타다닥.

흑호령의 전 고수가 신회와 감호를 둘러싸고 앉았다.

일사불란함의 끝이다. 말이 나옴과 동시에 제각기 어찌 행동해야 하는지 안다.

군기와 기도가 절정에 달한 이들.

적인 대사의 얼굴이 굳어졌다.

'대단하구나.'

무신성 최강의 부대가 흑호령이라더니, 과연 무시무시한 집단이다. 숫자도 숫자거니와, 한 명 한 명이 백전의 고수로 구성되어 있었다.

당장 저 병력으로 구파 중 하나와도 맞상대가 가능할 지경이었다.

'최강의 부대라 하나, 결국 부대는 부대. 그럼에도

이 정도 병력……. 놀랍군. 마종 중 최강의 무력이 무신성이라더니 틀린 말이 아니었어.'

새삼스러울 것도 없지만 놀라움은 놀라움이다.

"비무는 세 번. 이선승(二先勝)을 하는 쪽이 모든 것을 얻는다. 맞소?"

"굳이 확인할 것까지 없겠지."

"좋소. 누가 먼저 나서겠소?"

신회의 눈이 감호에게 향했다.

"나서거라."

파박!

일말의 대답도 없이 신법을 펼쳐 나아가는 감호다.

적인 대사의 눈썹이 꿈틀거렸다.

'놀라운 신법.'

아직 이립도 채 되지 않은 미청년의 무공이 상상을 초월한다. 도대체 무신성에는 어찌 이리 인재들이 많은지, 비무대 위로 올라선 미청년의 무공만 해도 당장 소림의 어떤 고수들과 비교해도 크게 뒤떨어지지 않는 듯했다.

"광룡왕?"

강비는 고개를 끄덕이며 천천히 비무대로 올라섰다.

빛살 같은 신법으로 좌중의 시선을 한 번에 모은 감호와는 전혀 달랐다.

걸음 하나하나에 여유가 넘쳤다.

감호는 맞은편에 선 강비를 바라보았다.

천랑군주 휘하, 비사림의 마인들을 돌파하던 그때의 그가 맞았다. 신들린 듯 압도적인 무공을 구사하며 파죽지세로 돌파하던 그가 맞았다.

감호의 입가에 미소가 어렸다.

진심 어린 미소였다.

"반갑소. 감호라 하오. 무신성의 소성주요."

"강비다."

강비의 입가에는 강자의 여유가 묻어 나왔다.

감호가 고개를 갸웃거렸다.

"어디 다치기라도 한 것이오? 안색이 영 좋지 않소이다."

"괜찮아."

산뜻한 대답이었다.

딱히 신경전 같은 것도 없었다. 강비는 특유의 나른한 얼굴로 답했고, 감호는 예의 있는 어조로 상대에게 묻는다.

멀리서 보면 가히 인중룡들이 친분 어린 대화를 나누는 듯했다.

감호는 활짝 웃었다.

“뭐, 말은 필요치 않을 것이오. 나는 준비가 되었소.”

“그래.”

강비는 습관처럼 어깨를 빙빙 돌렸다.

산책이라도 나온 것 같았다.

멀리서 그 모습을 바라보던 신회의 얼굴이 차츰 굳어졌다.

“흑호령주.”

“예. 성주님.”

“저자가 광룡왕이라고?”

“그렇습니다.”

“광룡왕의 무공이 자네에 필적한다고 했나?”

곽동산의 눈동자가 흔들렸다.

“그랬었습니다.”

“그때는 그랬다?”

“그렇습니다.”

신회의 눈에 은은한 광채가 어렸다.

'무슨 어린놈이 저리…….'

흑호령주와 비슷하다?

말도 안 되는 소리다. 흑호령주 두 명이 칼을 들어야 겨우 상대가 될까 싶을 정도의 고수다.

'도대체 어디서 저런 놈이 나타난 건가.'

엄청난 강자다.

당장 자신에 비해서도 한두 수 차이밖에 나지 않을 것 같았다. 그것조차도 정확하게 읽히지가 않는다. 뭔가 기이한 기운을 갈무리하고 있는 자다.

그야말로 상상을 초월하는 무위였다. 당장 무신성에서도 저 정도의 무력을 갖춘 자는 부성주 하나뿐이었다.

"부성주는 어디쯤 오고 있다던가."

"조만간 도착할 것입니다. 시간으로 볼 때, 이각이 채 걸리지 않을 것입니다."

"그렇군."

신회의 눈이 감호에게 향했다.

감호는 강비의 힘을 제대로 느끼지 못하는 것 같았다. 자신감 가득한 눈은 둘째 치고서라도 불끈 쥔 두 주먹과 발산되는 기파에 흔들림이 없었다.

적당한 긴장. 기분 좋은 기도.

'위험해.'

한낱 후기지수라고 보진 않았다. 곽동산과 일대 승부를 벌일 만큼의 강자였으니까.

하지만 저 정도라면…….

'어떻게든 헤쳐 나갈 수 있을까?'

처음으로 제자에 대한 신뢰가 옅어졌다. 그것은 제자의 잘못도, 스승인 신회의 잘못도 아니었다.

그저 상대가 지나치게 강했을 따름이었다.

감호는 마지막으로 물었다.

"전에는 창을 쓰던데, 어째 창을 들고 오지 않았소이다?"

"창이 없어도 충분해."

감호의 입가에 비릿한 웃음이 지어졌다.

저런 자신감 하나하나가 공략할 만한 허점이 된다. 여유 넘치는 얼굴에 하늘거리는 기도가 부드럽기 짝이 없다. 분명 여유를 갖고 상대하겠다는 의미다.

'실수한 거다.'

그는 집요하게 틈을 파고들 생각이었다.

"자, 시작합시다."

콰아아앙!

무시무시한 폭음이 비무대 주변으로 확 퍼져 나갔다.

하늘 높이 피가 솟구치고, 팔 하나가 날아갔다.

어느새 허공으로 이동해 날아가는 감호를 잡아낸 신회였다.

신회의 눈꺼풀이 파르르 떨려왔다.

그의 품에 안긴 제자.

완전히 넝마가 되어 있었다. 왼팔은 완전히 뜯겨 날아가 버렸고, 흉골은 으스러졌으며 두 다리가 이상한 방향으로 뒤틀려 있다.

"흑호령주."

"예!"

"제자를 봐주게나."

곽동산은 경악을 숨기지 못한 얼굴로 강비를 바라보다가 감호를 받았다.

주변에 적막이 일었다.

그럴 수밖에 없었다.

한순간에 일어난 일이었다. 대단한 무공도 뭣도 보여주지 않았지만, 살 떨리는 기파를 발산해 내던 무신성측 후기지수를, 단 일격에 전투 불능으로 만든 것이다.

모두의 시선이 강비에게로 향했다.

강비는 비무대로 올라섰을 때와 같이 여유로운 걸음으로 퇴장하고 있었다.

감호는 강비의 기도를 읽어내며 여유롭게 상대할 수 있을 거라 생각했지만 그건 심각한 착각이었다.

이번 비무 이후에 무슨 일이 발생할 줄 모른다. 강비로서는 속전속결, 일격에 승부를 낼 수밖에 없었던 것이다.

화려한 무공도, 입이 떡 벌어지는 공방도 없다.

하지만 그 어떤 무공보다도 뇌리에 콱 박히는 한 수였다. 권법인지 장법인지 발길질인지, 제대로 파악한 사람조차 다섯을 넘지 못했다.

그래서 더욱 인상적인 무력.

"우와아아!"

좌중의 함성이 일제히 터졌다.

중원의 무림인이든 단순히 구경을 온 민초들이든.

어떻게 펼쳐진 건지도 모르지만, 분명한 사실은 강비가 이겼다는 것이다.

세 번의 비무 중 한 번의 비무를, 이렇게 화끈하게 이겼다. 너무나 짧은 승부였기에 시시하다는 생각조차 들지 않는다.

천천히 들어오는 강비를 맞이한 모두의 얼굴에 웃음꽃이 피었다.

유소화가 강비의 어깨에 팔을 올렸다.

"비아야. 이 자식아, 좀 화려한 것 좀 보여주다가 멋지게 마무리하지 뭐 이렇게 쿵쾅 날려 버렸어?"

그녀다운 축하사였다. 강비는 가만히 미소만 지었다.

옥인이 고개를 끄덕였다.

"고생하셨습니다."

"고생은 무슨."

모두의 축하를 받은 강비가 자리에 앉았다.

승리에 도취될 시간은 없었다. 일단 운기조식에 들어가야만 한다. 나중에 일어날 전투를 대비함이다.

진관호가 슬쩍 서문종신의 옆구리를 찔렀다.

"대단하지 않았습니까?"

서문종신은 입맛을 쩍 다셨다.

"잘못하다가는 이제 욕도 못하겠는데?"

빠르고 강하다.

무공의 극의다.

하지만 강비의 야왕신권은 그게 전부가 아니었다. 일권의 파괴력과 속도는 물론이거니와, 거미줄처럼 둘러친 숱한 무리(武理)가 함께하고 있어서, 설령 알아도 못 막을 무공을 펼쳐 낸 것이다.

서문종신의 눈이 웃음을 발했다.

'벌써 저렇게 컸군.'

일 년 전이던가.

장천에게 물려줄 혼원일정공을 만드느라 밤을 꼴딱 지새우던 강비가 생각이 났다.

권법을 봐주라는 모습. 비무나 한 번 해보자면서 따라다니던 애송이의 모습이 떠올랐다.

이제 그와 같은 애송이는 없었다. 어엿한 무인을 넘어서서, 자신조차도 승부를 장담하기 힘든 최고의 무신(武神)으로 성장한 것이다.

혈육은 아니지만, 참으로 대견한 녀석이었다.

적인 대사는 강비의 모습을 보며 한차례 웃은 후, 신회에게 물었다.

"이번에는 어떤 분이 비무대로 오시겠소?"

그대로 받아주겠다.

비무의 열기를 한껏 담은 말이었다. 도발은 아니지만 어떠한 도발보다도 도발다운 한마디다.

신회의 눈이 냉정해졌다.

"이각 후에 도착할 거다. 그때까지 좀 쉬지."

"그러시구려."

"그쪽은 누가 나올 텐가?"

적인대사는 가만히 미소를 지었다.

"마지막 세 번째 비무, 즉 성주와 빈승과의 비무에 앞선 두 번째 비무는, 각자가 자랑할 수 있는 최고의 강자를 세운다고 하였소."

"그렇다."

"최고의 강자인지는 모르겠소. 하지만 최고를 논해볼 만한 사람이 출전하기로 하였소."

적인 대사의 시선이 뒤로 향했다.

천천히 일어나는 한 남자.

어떻게 그 기세를 숨겼는지 천천히 모습을 드러내는 남자의 모습에 신회의 눈이 찌푸려졌다.

"법왕교주?"

"그렇소."

적송이었다.

신회의 입가에 비릿한 미소가 어렸다.

"새외를 배신하더니 이제는 중원의 대표가 되어 나타났구만. 그쪽 삶은 어떤가? 재미있던가?"

"배신이라는 말은 별로 어울리지 않소. 나는 본래 온전한 중원의 사람이었으니까. 불편해야 할 상황에서도 웃음이 나는 걸 보면, 확실히 내게 별 죄책감이 없는 것 같소."

능수능란한 대답이었다. 신회의 눈이 불을 뿜었다.

"그래. 안 그래도 법왕교, 싹 쓸어버리던 참이었지."

"아마 힘들 거요."

"힘들 거라 생각하나?"

신회의 몸에서 이는 기파는 그것이 결코 불가능하지 않다는 걸 증명하고 있었다.

끝인 줄 알았더니, 그 이상의 기파를 발산해 낸다. 환호성으로 그득했던 비무대 주변이 적막을 되찾았다. 그만큼 신회의 기세는 놀랍기 짝이 없었다.

적송은 고개를 저었다.

"성주의 무공이라면 어찌 내가 감당하겠소. 그래서 방장 사형 뒤로 숨은 거 아니겠소."

"소림이라고 버틸 수 있을 것 같은가?"

"뭔가 오해를 하고 계시는군."

"뭐라?"

"무신성 정도의 병력이라면 본교만으로도 충분하오.

정면승부라면 부담되겠지만, 본교는 무신성이 가지지 못한 것들을 꽤 많아 가지고 있다오. 다만 그대의 무공이 무서워서 사형 뒤로 숨은 것뿐이오."

넉살 좋은 대답이었다.

신회의 입가에 미소가 드리워졌다.

"본성의 무력을 감당할 수 있다? 그래. 그렇다고 치면, 비사림은 어떻게 할 텐가?"

"아! 아직 듣지 못했나 보구려."

"……?!"

"비사림은 우리가 어제 다 쓸었소이다. 남김없이."

신회의 두 눈에 놀라움이 어렸다.

그뿐만이 아니었다. 곽동산도, 흑호령도, 아무것도 모르고 있던 좌중도 모두 놀랐다.

심지어는 아군이라 할 수 있는 강비 일행들도 놀라서 적송을 바라보았다.

다만 적송 뒤편에 시립한 민비화와 백단화는 잠잠하게 고개를 끄덕일 뿐이었다.

"…비사림을 쓸었다고?"

"그렇소. 어제 다 처리했소. 물론 비사림주는 모습을 드러내지 않아 치우지 못했소만. 칠군주는 물론 휘하 마인들 모두가 세상에서 사라졌소."

적송은 한마디 더 붙였다.

"남김없이."

더할 나위 없는 진실을 내뱉는다.

이 정도가 되면 제아무리 신회라 해도 평정심을 유지할 수가 없다.

초혼방에 이어 비사림까지.

함께 손을 잡은 모든 동료들이 사라진 셈이다. 최후의 보루라고 생각하던 비사림까지 사라졌다면, 이번 비무에서 승리한다 해도 의미가 없다.

"흑호령주."

"예, 성주님."

"본성의 병력, 그 자리에서 대기시키라 전하게."

뜻밖의 명령이었다. 곽동산은 크게 놀랐지만 이내 고개를 숙였다.

성주의 명령은 절대적이다.

"명을 받듭니다."

신회는 천천히 앞으로 나섰다.

"법왕교주. 자네 말은 사실인 것 같군."

"더할 나위 없는 사실이오. 곧 들통 날 거짓말을 할

이유가 없잖소?"

"그렇기야 하겠지."

신회가 손을 뻗었다.

"나오라."

"뭐라 하였소?"

"본래 두 번째 비무 대행자로 부성주를 내세우려 했건만, 사실 말이 되지 않지. 새외에서 가장 강한 자는 나다. 두 번째 비무 이후, 세 번째 비무까지 모조리 내 손으로 승리해 주마."

적인 대사의 얼굴이 굳어졌다.

"성주. 그것은……."

"반복 출전을 금지한다는 말은 없었잖나?"

그 말은 사실이었다.

시원시원하게 이뤄진 비무. 하지만 비무 자체에 대한 자세한 사항을 살피지는 않았다. 중원과 새외, 그 자존심을 건 생사결이기에 오히려 자잘한 규칙들은 의미가 없었기 때문이다.

"법왕교주가 내게 치명상을 입힌다면, 그 또한 자네들에게는 좋은 일 아닌가? 지친 나를 상대한다면 조금이나마 이길 확률이 높아질 텐데 말이야."

틀린 말은 아니었다.

적송은 적인 대사를 바라보았다.

적인 대사는 고개를 저었다.

"그렇게 할 수 없소."

"이유는? 설마 모양새가 좋지 않아서 불가한다는 변명은 집어치우지? 자네들도 알잖나. 너희 중 나를 제대로 상대할 사람은 없다는 걸. 이만큼의 무공이라면 두 사람도 너끈하다는 걸 너희도 알고 있잖나? 모양새 같은 거 신경 쓰지 말고, 그냥 나서는 게 낫지 않나 싶군."

정곡을 찌르는 말이었을까.

그때, 뜻밖의 사람이 나섰다.

암천루주 진관호였다.

"치졸하시구려."

"자넨 누군가?"

"진관호라 하오."

"진관호? 진관호. 진관호. 누군지 모르겠군. 하지만 놀라워. 자네만 한 강자에 대한 정보가 없다니."

신회는 정말로 놀란 것 같았다.

강비가 발산하는 기도에 놀라서 제대로 파악하지 못

했는데, 막상 앞으로 나선 진관호의 무력은 강비에 비해서 조금의 손색도 없었다.

진관호가 피식 웃었다.

"암천루주라고 하면 알기 쉬울 거요."

신회의 눈이 깊어졌다.

"암천루. 그래. 암천루라면 알지. 이쪽을 어지간히 괴롭혔더군."

"칭찬으로 알겠소."

"칭찬 맞다. 설마 너희 같은 것들을 쓸 줄은 몰랐거든."

"칭찬은 잘 받겠소. 하면, 이제 본론으로 들어갑시다."

"무슨 본론을 말하는 거지?"

진관호의 모습은 무척이나 여유가 있었다.

무신성주를 눈앞에 두고도, 한 점의 긴장이 없다. 마치 비무대 위로 올라섰던 강비처럼, 산책이라도 나온 기색이었다.

"당신은 말했소. 생사결이라는 비무에, 중복 참가를 금한다는 말이 없었다고."

"그랬지."

"하면 여기서 내가 나서도 별 상관은 없겠지?"

모두가 놀란 눈으로 진관호를 바라보았다.

특히나 적송은 깜짝 놀라서 그를 바라보았다.

"아니, 진 루주?!"

"나에게 맡겨주시오."

진관호의 눈은 맑고 깊었다.

참으로 순수하지만 어딘가 악동 같은 분위기가 물씬 풍긴다. 일전, 차를 마시며 거래를 하던 모습 그대로였다.

신회의 눈썹이 좁혀졌다.

"무슨 짓인지 알 수가 없군. 설마 너 이외의 또 다른 누가 합동을 하는 건가?"

"그럴 리가 없잖소. 규칙에는 분명 비무자라고 하였지, 비무자 '들' 이라는 말은 없었소."

"확실히 네 말이 맞다."

"그냥 싸우자는 거요. 별다를 거 없소. 어떻소? 받아들이시겠소?"

"싸움을 마다하진 않지. 좋다. 덤벼라."

순식간에 개최되는 두 번째 비무다.

이렇게 일이 돌아갈 줄은 누구도 몰랐을 것이다. 적

인 대사는 당황한 눈으로 그를 바라보았다.

"진 시주, 이게 대체……."

"괜찮습니다. 저도 한 주먹 하거든요. 이번 비무는 꼭 저에게 맡겨주십시오. 아, 그리고……."

진관호가 서문종신을 바라보았다.

"어르신. 초혼입니다."

적인대사와 적송은 고개를 갸웃거렸다.

초혼이라니? 초혼방의 그 초혼을 말하는 것인가?

서문종신은 곰방대를 한 번 빤 후 후우, 내뱉었다.

"결국 그렇게 가기로 한 건가?"

"별수 있나요. 저렇게 나오는데요."

"뭐 나야 상관은 없지. 잘 붙들어놓게."

"걱정하지 마십시오."

"죽지 말고."

"…걱정하지 마세요."

진관호는 다시 몸을 돌렸다.

"자, 시작합시다."

주먹을 쥐었다 폈다를 반복하는 신회였다.

"뭐, 판이 좀 이상하게 돌아가고는 있지만……."

신회의 입가에 밝은 미소가 어렸다.

진심으로 기뻐하는 그였다.

"실로 오랜만이군. 강자와의 대무는 말이야."

이미 새외에서는 건드릴 수 없는 절대자로서 만인을 굽어보던 신회였다. 비무를 할 사람들조차 없는 와중에, 부성주에 필적하는 절대 강자가 나타났다는 건 신회에게 큰 복락이었다.

후우욱.

두 사람 사이로 공기가 꿈틀거렸다.

순식간에 좌중을 압도하는 절대자들의 기파였다.

민비화는 적송에게 물었다.

"진 루주가 무슨 생각을 하는 걸까요?"

"글쎄다. 워낙 파악하기 쉽지 않은 사람 아니더냐. 이 사부도……."

적송의 눈이 주변을 훑었다.

그리고는 다시 비무대 위를 훑는다.

서로에게 완전하게 집중하는 두 사람이다. 그뿐만이 아니다. 이곳에 있는 모든 사람들이 비무대 위의 두 사람을 보며 침을 꼴깍 삼키고 있었다.

강제로 집중시키는 절대자들의 위용.

하지만 적송은, 그 와중에 자리를 비운 몇몇 사람들

이 있음을 간파해 냈다.

'암천루?'

강비를 제외한 암천루 무혼조 전부가 사라졌다.

'설마!'

적송의 얼굴이 쩌저적 굳어졌다.

수십 년 만에 만난 대사형을 앞에서 눈물을 글썽인 이후, 최고로 놀라고 있었다.

'정말 그럴 셈인가?'

만약 정말로 그럴 생각이라면 진관호라는 사람은 실로 상식을 초월하는 사람이다. 말도 안 되는 결단력과 추진력을 가진 사람이었다.

'이미 벌어진 일이라…….'

진관호의 악동 같은 눈빛이 떠올랐다.

새외의 절대자를 상대함에 무신의 기파를 발산해 내던, 지금의 진관호와 완전하게 다른 눈빛.

"백 단주."

"네, 교주님."

"현재 본교의 병력이 어디에 주둔해 있나?"

"이곳에서 이십여 리 정도 떨어진 곳에서 휴식을 취하고 있습니다. 언제든지 명령이 내려온다면 이동할 만한 거리입니다. 대장로가 천둔진(天遁陣)으로 모든 병력을 은폐시키고 있지요."

"좋네. 신화단만을 이쪽 근처로 이동시키고, 남은 병력들은 대장로와 함께 남하하는 무신성의 병력을 차단시키라 전하게."

백단화의 눈동자가 빛났다.

적송의 말을 듣고, 이 상황을 읽어내는 그녀다. 민비화 역시 눈을 빛내며 탄성을 질렀다.

적송의 눈이 반짝였다.

"암천루 무혼조와 연수해야만 하네."

"무슨 뜻인지 알겠습니다."

"시간 싸움이 될 거야. 서두르도록."

"네!"

* * *

빠르게 달려 나가는 서문종신을 따라잡은 이운이 불쑥 물었다.

"어르신. 초혼이 뭡니까?"

어지간하면 그냥 따르는 이운이다. 꽤나 많이 궁금했

던 모양이다.

"박살 내고 싶은 놈들이지. 내 입장에서는."

"박살… 설마?"

"그래. 작전명, 초혼. 목표는 섬멸이다."

무혼조 무사들의 눈이 번쩍였다.

"비사림이 무너졌다면, 설마 무신성을?"

"그래. 이번 비무가 끝이 나면 무신성은 이쪽을 후려칠 거다. 어차피 벌어질 싸움이라는 게지. 예상대로 나왔다면 모를까, 무신성주가 판을 뒤흔들기 시작했다면 이쪽이라고 가만히 있을 수 없는 게지. 우리가 먼저 친다."

"그렇군요."

"지금 무신성의 남은 병력들이 남하하는 중이야. 곧 도착할 거다. 그전에 최소한 행로를 끊어는 놔야해."

"저희로 가능하겠습니까?"

마랑과는 격이 다르다.

아무리 집단 전투, 암중 전투에 특화된 무혼조라지만 무신성의 남은 병력은 어떻게 하기가 난감하다. 제아무리 서문종신이라 할지라도 혼자서 저들을 다 맡을 수도 없다.

서문종신이 외쳤다.

"각자 품에서 '그걸' 꺼내."

"그거 씁니까?"

"그럼 어떻게 하겠어? 칼 한 자루로 저놈들을 막을 수 있을 것 같아? 무공이고 뭐고, 수단 방법을 가리지 말고 상대해도 막아낼 수 있을까 말까 한데. '그걸' 루주가 괜히 얻어온 게 아니야."

"목숨을 걸지는 마시죠. 그냥 차단 정도로 만족하시는 게 낫잖습니까."

"알아. 나라고 뭐 죽고 싶은 줄 아냐? 죽일 수 있다면 다 죽이겠지만 못해도 길목을 막고 우두머리 하나의 목은 딴다. 그게 우리가 할 일이야."

진관호는 말했다.

무신성은 필시 파도처럼 밀고 들어올 거라고. 그간의 행적들이 증명하고 있었다.

비사림과 같은 파격도, 초혼방과 같은 음험함도 없다.

무신성은 솔직하다. 솔직한 야망가이며 가장 욕망에 충실한 작자들이었다.

그래서 더욱 예측하기 어려웠지만, 지난날의 행적을 보고, 읽고, 해석한 진관호와 당선하는 무신성이 결코 그냥 물러나지 않을 거라고 생각했다.

크나큰 야망만큼이나 무도에 대한 자존심이 강한 집단.

한 번 칼을 뽑았으니 칼집은 버린다. 뒤를 생각하지 않고 질주할 거란 뜻이다.

즉, 저들은 이번 비무가 이기든 지든 크게 파도를 일으킬 것이라는 뜻이다.

서문종신의 눈이 번쩍였다.

"조만간 법왕교의 전력과도 만나게 될 거야. 교주가 바보가 아니라면 말이다."

*　　　*　　　*

"긴급 전서가 왔습니다!"

"뭐냐?"

"신화단을 비무대 뒤편에서 대기시키고, 남은 전 병력들은 무신성의 길목을 막으랍니다."

"그래?"

"그리고 그곳에 선발대가 떠난 모양입니다."

"선발대? 누구?"

"암천루 무흔조라고 합니다."

"…암천루. 최근에 자주 듣는 이름이군. 선발대가 얼마나 갔다던가?"

"넷이랍니다."

"……?"

"……."

"지금 내가 잘못 들은 건 아니지? 넷이라고?!"

"그렇습니다."

"야, 선발대(隊)라며. 부대가 꼴랑 네 사람이야?"

"그, 그런 것 같습니다."

"야이, 씨. 장난해? 무신성이 장난이야? 네 사람으로 뭘 해보겠다고 그것들만 꼴랑 보내놨어?!"

"교주님께서 말씀하시기를, 화(火)를 동원했답니다."

"…화?"

"예. 무슨 말씀인지는 정확하게 파악하지 못했습니다만, 추측컨대 비장의……."

"출발하자."

"예?"

"출발하자고. 비장의 무기든 뭐든, 다 때가 있는 법이다. 묶어두기만 하는 거라면 모르되, 섬멸이라면 이야기가 다르지."

사문당의 눈이 번쩍였다.

"아마도 이번 전쟁이 마지막 혈투가 될 거다."

*　　　　*　　　　*

콰아앙!

지축을 뒤흔드는 폭음이 비무대 위를 울렸다.

비무대 바닥이 두부처럼 으깨지며 돌가루를 날렸고, 퉁겨 나간 경력이 주변 공기를 뜨겁게 달구고 있었다.

신회의 눈이 기광을 토해냈다.

"역시 강하구나!"

기쁨에 찬 함성이었다.

자신의 두 주먹을, 십 합 이상 받아내는 고수를 어디서 또 만나겠는가.

부성주? 물론 비무를 한다면 할 수 있다.

하지만 지금의 비무는 생사가 걸린, 생사결이었다.

비록 자신보다 약간 처지는 무인이라고는 하나, 가히 천하 정점에 선 절대고수라는 사실은 변하지 않는다. 그만한 고수와 한판 승부를 벌이는 지금, 어찌 기쁘지 않겠는가.

진관호는 두 주먹을 번개처럼 휘둘렀다.

퍼버벅!

어깨를 박살 내고 대퇴부를 뜯어내야 할 권풍들이 모조리 허공에서 막혔다.

딱히 별다른 수를 쓴 것도 아니었다. 발산하는 무신의 기파에 권풍이 힘을 잃었을 뿐이다.

'놀랍군.'

작정하고 내지른 권풍이었다. 일격에 나무는 우습고, 바위는 가루가 될 것이며, 두터운 철구라도 쪼개버릴 만한 막강한 권력이 아니던가.

그런 주먹을 기파만으로 막아내고, 심지어 튕겨내기까지 한다.

'과연 무신성주!'

새외의 절대자. 무공의 끝을 이룬 자였다. 무신성주라는 직함이 너무나도 잘 어울렸다.

진관호의 입가에도 어느 순간 미소가 어렸다.

환희의 미소였다.

스스로를 억제해 놓고 살아온 세월, 그런 그가 지금 천하 최고의 강자를 상대로 주먹을 휘두른다. 생사를 건 싸움을 하고 있었다.

암천루주이기도 한 그였지만 진관호의 본성 역시 무인이었다.

강자와의 싸움이 어찌 즐겁지 않겠는가.

진관호의 미소를 본 신회의 얼굴에도 흥이 올랐다.

“좋구나!”

퍼퍼펑!

허공에서 연신 폭음이 울렸다.

고장난명이라고 하였다. 손바닥도 마주쳐야 소리가 나는 법, 상대가 흥이 안 나는데 이쪽이라고 흥이 나겠는가.

본시 첫 번째 비무에서의 강비처럼, 단 한순간에 끝내 버리려 했었다. 최강의 절기로 상대를 십 합 이내에 박살을 내놓을 거라 다짐했다.

하지만 그는 그럴 수가 없었다.

생각 이상으로 진관호가 강했던 탓도 있었지만, 그만큼 흥분이 되었기 때문이다. 이런 멋들어진 싸움을 단시간에 끝낸다는 것은 상대에게도, 나 자신에게도 모욕이라는 생각이 들었다.

진관호의 진심 어린 환희를 본 신회는 자신의 쾌락

역시 몇 배로 증폭되는 것을 느꼈다.

쾅! 콰쾅! 콰쾅!

주먹과 주먹이 부딪치는데 화포 몇 발이 한 번에 터진 것 같았다. 비무대 바닥이 완전히 갈려서 사방으로 흩어지고, 터지는 굉음에 좌중은 귀를 막고 쓰러졌다.

다치는 게 전부가 아니다. 소리만으로도 사람이 죽을 지경이었다.

소리가 일정 이상 커지면 오히려 고요해지기 마련인데, 두 사람이 내는 폭음은 그러지가 않았다. 증폭되는 내공 때문에 머리가 다 터져 나갈 지경이었다.

무림인들은 서둘러 물러섰고 그 와중에 쓰러진 민초들을 살폈다.

적인 대사의 눈에 기광이 떠올랐다.

"대단하구나."

진관호라는 작자의 무공은 실로 엄청났다.

단순히 눈으로 보고 기파를 느낀 것이 전부가 아니었다.

제대로 펼쳐 내는 권법에는, 그야말로 권의 극의가 담겨 있었다. 무엇으로도 막을 수 없는 극한의 무리가 살아 있었다.

'나라 해도 저만큼의 권법을 구사할 수 있을지.'

권법의 위력이 문제가 아닌, 주먹이 담고 있는 무의 이치였다.

그런 대단한 권법절기를 신회는 가뿐하게 받아내고 있었다. 단순한 무리를 따지자면 두 사람은 거의 동수나 다름이 없는바, 신회의 압도적인 공력과 변칙적인 술수들이 아니었다면 칠 주야가 지나도 승부를 가리지 못할 것이다.

파아악.

진관호의 어깨를 덮고 있던 의복이 가루가 되어 흩날렸다.

위력적인 공방이 오가는 중, 위력이 커지자 진관호의 의복이 버티지를 못하고 있었다.

전신을 넘어 의복에까지 진기가 소통하는 경지다. 그럼에도 의복이 가루가 되었다. 그 말인즉, 진관호가 신회의 경력을 온전하게 받아내지 못하고 있다는 증거였다.

적송의 눈에 금광이 일었다.

'밀린다.'

조금씩, 조금씩.

진관호가 밀리고 있었다.

무시무시한 명승부였지만 진관호보다 신회가 분명히 더 강했다. 언제든지 뒤엎을 수 있는 차이였고, 언제가 되어도 넘어설 수 없는 차이였다.

그 모순의 차이를 진관호는 무신의 환희 하나만으로 메우고 있었다.

더 상대와 겨루고 싶다.

더 상대의 공격을 받고 싶다.

폭발하는 비천신의 무심(武心), 무혼(武魂)이다. 신회 역시 절대 강자로서 오랫동안 외로움에 시달렸다면 진관호는 삶 자체가 외로움이었다.

그 외로움을, 시대가 인정한 최강자를 통해서 모조리 풀어내니 누가 있어 그의 전진을 막겠는가.

콰르릉! 퍼석!

신회의 의복에 구멍이 뻥 뚫렸다.

그의 눈동자에 놀라움이 서린다.

'뚫고 들어왔어?!'

절대적인 방벽을 자랑하는 무신성 최강의 무공, 광천십기대공(光天拾氣大功)의 기파가 진관호의 주먹에 뚫린 것이다.

'대단하구나!'

대단한 것은 상대의 무공만이 아니었다.

바로 상대의 혼이었다.

이를 악물어도 광천십기대공을 뚫기란 요원한바, 진관호라는 무인의 혼이 불꽃처럼 일어나 그 불가능을 가능으로 끌어내리고 있었다.

천하 최고, 최강의 자리에 선 무신성주 신회.

그의 옷깃을 잡고 기어이 끌어내려 무시무시한 주먹을 뻗어내는 진관호.

하늘 아래, 다시없을 최강의 명승부였다.

쾅! 쾅! 쾅!

폭음이 연신 터지는 가운데.

마침내 진관호의 몸이 한 걸음 뒤로 물러났다.

한 치의 부족함 없이 서로의 방벽에 난타를 거듭하던 둘이다.

하지만 그들 사이에 놓인 무력의 차이는, 단순히 타오르는 무혼만으로 메우기에는 무리가 있었다. 그만큼 신회의 경지는 대단했다.

진관호가 이를 악물었다.

물러선 발에 힘을 주고, 상체를 그대로 전진시키는

그다.

콰르릉!

발끝에서부터 타오르는 기운이 회전을 머금으며 허리로 타올라 이내 일권에 담겼다.

벼락이 후려친 것과 같았다. 무시무시한 위력이었다. 진관호가 자랑하는 이대절기 중 하나, 답영수(踏榮手)의 파천살(破天殺)이었다.

권법만이 아닌, 거의 온몸의 힘을 이용한 체술이자 기공. 단 한 점으로 힘을 집중하여 송곳처럼 뚫어내는 절대 관통력이었다.

푸스스스.

극한의 시공 속에서, 무지막지하게 밀고 들어오는 파천살의 공력을 확인한 신회였다.

신회의 눈에 처음으로 다급함이 어렸다.

무인의 환희를 즐기기 위해 최고의 절기를 꺼내지 않았는데, 상대가 그것을 일깨워 낸 것이다.

뻗어 나오는 파천살의 경력 앞으로, 거대한 청색의 성벽이 올라왔다. 무신성주의 숱한 절기 중 하나, 천라쌍천문(天羅雙天門)이라는 방어초식이었다.

콰콰쾅!

신회의 몸이 휘청거렸다.

끝까지 물러서지 않았지만 넋 놓고 있었으면 서너 걸음은 우습게 물러섰겠다. 그만큼 진관호의 이번 무공은 강력하기 짝이 없었다.

폭음을 내며 파고든 파천살의 경력이 천라쌍천문의 거대한 성문에 막혀 버렸다.

뚫고 또 뚫었지만 한 치의 두께를 이겨내지 못하고 소멸해 버린 것이다.

진관호의 몸이 훌쩍 뒤를 향했다.

신회는 손을 저어 천라쌍천문의 경력을 거두었다.

"자네, 참으로 대단하군."

신회의 입에서 나온 평가는 그야말로 극찬에 가까웠다.

"단순히 높은 경지만을 구축한 것이 아니야. 그만큼이나 수준 높은 무공을 체득하고 있다니, 놀라워. 내 무공과 견주어도 그 수준에 있어서는 별 차이가 없겠어."

진관호는 살짝 웃었다.

"사부님이 아시면 기뻐하시겠소."

"사부님이라… 자네 사문을 알 수 있겠나?"

"나도 잘 모르겠소. 사부님이 알려주지 않으셨으니

까. 사부님께서도 조용히 우화등선하셨으니, 누구도 알 수 없게 되었지."

"그렇군."

신회는 손목을 빙빙 돌렸다.

마지막 한수가 워낙 강력했던 탓인지, 팔목을 타오르는 충격이 제법 강했던 것이다.

"아깝네. 자네가 몇 년 더 수련에 열중했다면, 나와 백중세를 이루었을 터인데."

진관호는 살짝 손을 풀었다.

"부탁이 있는데 하나 들어주시겠소?"

"부탁? 뭔가?"

전에 없이 유해진 신회였다. 상대를 완전하게 인정했기에 보일 수 있는 아량이었다.

"잡은 지 워낙 오래되었지만 상대가 천하제일인이라면 나도 별수 없지 않겠소? 숨겨두었던 모든 걸 펼쳐낼 수밖에."

신회의 눈에 놀라움이 어렸다.

"아직도 숨긴 게 있단 말인가?"

"그렇소만."

"놀랍군. 정말 놀라워. 나조차도 잘 읽히지 않는 무

언가가 있다는 건가!"

놀라움은 놀라움으로 끝나지 않는다. 신회의 눈에 떠오른 것은 분명한 즐거움이었다.

진관호는 한 번 미소를 짓고는 비무대 끝으로 걸어가 옥인에게 손을 내밀었다.

"옥인 도사."

"예, 예?"

"안 쓰는 검 한 자루만 빌려줄 수 있겠소? 천라검은 부담스럽고, 매화검은 영 손에 안 맞을 것 같은데. 빙백혼이 좋아 보이는군."

옥인에게는 총 세 자루의 검이 있었다. 천라검과 매화검, 그리고 빙백혼이었다.

옥인은 얼떨떨한 얼굴로 빙백혼을 풀었다.

그러자.

후우웅.

몇 장이나 떨어져 있음에도 빙백혼이 둥실 날아올라 진관호의 손에 잡혔다. 자연스러운 허공섭물이었다.

진관호의 모습을 본 모두의 눈에 감탄이 어렸다.

스르릉.

천천히 그 모습을 드러내는 빙백혼. 빙백신검.

신회의 눈이 점차 진지해졌다.

'이 녀석 정말이지…….'

한 자루 검을 비껴들고 선 진관호의 모습.

사아아악.

겨울의 한풍을 밀어내는 신검의 바람이었다. 뿜어내는 기파가 이전과 또 달랐다.

극에 이른 권법가인 줄 알았거늘, 검을 쥐자 천하제일의 검사로 돌변하고 있었다.

맨손일 때와는 전혀 다르다.

살랑, 불어온 검풍 한 자락이 갑자기 미친 듯이 그 크기를 불려가더니 진관호의 육신 전체를 에워싸기 시작했다. 엄청난 칼바람, 선기(仙氣)와 예기가 절묘하게 섞여 들어간 검기였다.

"이거, 내가 실례했군."

쩌저적.

신회의 발 아래로, 비무대 바닥이 수많은 실금을 터트리며 나아갔다.

검을 든 진관호를 마주하여, 마침내 신회 역시 본신의 기량을 완전하게 개방하고 있는 것이다.

그 기파는 가히 전율스러울 지경이었다. 이전의 기세

와는 차원이 다르다.

"자네와 같은 무인과 한판 승부를 벌일 수 있다는 사실에 감사하네. 간만에 나도 바닥을 드러내게 생겼어."

무신으로서 보여줄 수 있는 최고의 칭찬이었다.

진관호의 눈도 긴장으로 굳어졌다.

"가겠소."

"오게나."

서걱!

신회의 몸이 순간 좌측으로 향했다.

비무대의 바닥에 예리한 검상이 그어졌다.

막아낸다면 막을 수 있었지만, 그러기 위해서는 막대한 공력이 소모되었으리라. 그만큼 방금 진관호가 보여준 일검은 막강했다.

공간을 가르고 비무대 바닥을 베어버린 검력.

무시무시한 참격이었다.

파아앙!

진관호의 몸과 신회의 몸이 번개처럼 서로를 향해 나아갔다.

쾅! 쾅!

뻗어나가는 신검, 질러오는 주먹.

경력과 경력이 미친 듯이 부딪치며 이전과 또 다른 굉음을 터트렸다.

파아악.

튀기는 경력에 돌은 가루가 되었고, 두 사람 주변의 공기가 뜨겁게 달아올랐다.

콰르릉!

몇 합 나누지도 않아서 비무대는 완전히 부서졌다.

마주하는 것만으로도 단단한 비무대 바닥이 버티지를 못했다. 증폭되는 기파의 압력이 지나치게 강렬해서, 일대가 폐허로 변하기 시작했다.

진관호의 검이 하늘을 향하다가 이내 그대로 대지에 꽂혔다.

콰릉.

하늘 높은 곳에서 울린 거대한 천둥소리가 지상으로 떨어졌다. 검선삼예(劍仙三藝)라 이름 붙인 삼초식 검법 중 하나인 벽력식(霹靂式)이었다.

신회의 손이 장(掌)으로 전환되며 아래에서 위로 올려 쳤다.

내리치는 검과 올려 치는 장.

파르르륵.

두 사람의 의복이 미친 듯이 떨렸다.

진관호의 상체 의복은 거의 전부 가루가 되어 흩어졌다. 신회가 뿜어내는 경력을 버티지 못한 것이다.

신회의 눈이 불을 뿜었고, 진관호의 검이 삼예 중 이식을 넘어 곧바로 삼식(三式), 등선식(登仙式)으로 뒤바뀌었다.

누구라도 강제로 등선을 시켜 버릴 만큼 위력적인 검법.

신회의 눈에 결심이 서렸다.

몇 날 며칠 동안 손속을 나누고 싶었지만 상대는 대번에 마지막 힘을 뽐내고 있었다. 그렇다면 그에 맞서 온전한 힘을 발산시켜 주는 것도 상대된 도리.

이대로 상대가 죽는다 해도 안타까울지언정 고민은 하지 않으리라.

그의 양손이 모아지며 포천분금장(包天焚禁掌), 해금분천(解禁焚天)의 경력을 터트렸다.

금제를 해제한 최강의 무공.

하늘을 불사른다는 그 이름 그대로의 위력이었다.

파사삭.

찰나에 찰나를 쪼갠 시간.

진관호는 정지된 시간의 흐름 안에서, 등선식의 검예가 차츰차츰 소멸되어 가는 것을 느꼈다.

무공 수준의 차이는 없었다. 그러나 신회가, 무공을 익힌 사람의 차이가 이런 결과를 낳는 것이다. 천하무적일 것이 분명한 등선식의 검예가 상대의 포탄 같은 장력에 힘을 잃어가고 있었다.

그리고 그 힘은 등선식을 지우고, 나아가 진관호의 몸도 휩쓸어 버릴 것이다.

그때였다.

진관호의 두 눈이 빛난 것은 그때였다.

'지금!'

호쾌하게 가진바 모든 것을 선사한 두 사람이다.

모든 집중이 무공과 무공의 부딪침, 파괴의 영역 안으로 쏠려가고 있었다. 그것은 무신성주 신회라고 다를 바가 없었다.

진관호의 왼손이 번개처럼 허리춤을 훑었다.

달랑거리고 있는 작은 금낭 속, 반 자가 조금 넘는 굵직한 원형의 통을 꺼낸 그였다.

그리고 그 통의 첨단부는 정확하게 신회의 몸통을 향해 있었다.

느릿한 시간의 흐름 속으로 신회의 눈동자가 보였다.

천천히, 극히 천천히 눈을 부릅뜨는 신회.

진관호의 눈동자가 냉엄하게 굳어졌다.

미약한 내공이 원형통의 내부로 흘러 들어가 격발장치를 건드린다.

콰아아아앙!!

5. 암천문(暗天門)

무신성의 부성주 진무린(晉武麟)은 눈앞에서 나타난 한 명의 노인을 보고 눈살을 찌푸렸다.

'강자다.'

자신과 비교해도 전혀 떨어지지 않는, 어떤 면에서는 오히려 넘보기까지 하는 대단한 강자였다.

진무린은 강자를 사랑했다.

나약한 자들을 병적으로 싫어하는 사람이 진무린이었다. 그의 심성은 강자만을 위한 대우로 가득했으며, 그의 목표는 성주를 뛰어넘는 최강자가 되는 것 하나뿐이었다.

그래서 성주를 좋아했고, 진심으로 따랐으며, 그를 넘어서고 싶었다.

그래서 눈앞의 노인에게 호의를 품을 수밖에 없었고, 동시에 경계할 수밖에 없었다.

앞을 막고 있는 자는 중원에 온 이래 처음 만나는, 승부를 논하기 어려운 절대 강자였다. 평소라면 웃으며 먼저 말을 걸었을 터, 하나 중원의 강자라는 사실이 그를 경계케 했다.

노인은 곰방대를 털며 히죽 웃어댔다.

"날씨가 제법 춥군. 만물이 이후의 태동을 준비키 위해 숨을 죽이고 있는 시기이지. 이리 거칠고 황량한 시기에 어디, 이 땅은 거닐 만한가?"

부드럽게 다가오는 말투에 진무린은 고개를 저었다.

"거침없이 나아가는 발걸음에 끝을 모를 만장절벽이 나타났구려. 막막해진 심정이오."

"허리춤에 멘 칼은 대단히 당당하군. 천하 어떤 위압이라도 능히 헤쳐갈 만한데, 어찌 그리 나약한 소리를 하시는가. 막막할 일이 없을 것 같구먼."

"제아무리 날카로운 칼이라 한들 바람을 가를 수는

없는 법 아니겠소이까. 시커멓게 입을 벌리고 있는 만장 절벽에 흠집이나 낼 수 있을는지 모르겠소."

"허허. 과찬도 그런 과찬이 없군."

"나는 있는 그대로의 사실을 말했을 뿐이오."

노인은 살짝 미소를 지었다.

"참으로 안타깝네."

"무엇이 말이오?"

"하수상한 시절이 아니라면, 자네와는 제법 얘기가 될 거라고 생각했네. 달 밝은 밤 아래 술 한잔 기울이며 서로의 무(武)를 확인해 보는 것만큼 설레는 일이 세상천지 또 어디 있겠는가."

진무린의 입가에 미소가 드리워졌다.

"상상만 해도 즐겁구려."

"그렇겠지. 자네도 어지간한 외곬일세그려."

"무의 바다에 몸을 던진 순간부터 무는 내 전부이자 모든 것이 되었소. 노인장께서도 다르지 않다고 생각하오."

노인은 고개를 저었다.

"나는 다르네. 자네는 그러지 않을 듯싶네만, 나만큼이나 나이를 먹으면 보기 싫어도 하나둘 눈에 밟히는 것들이 생기기 마련일세. 어쩌면 자네만큼 순수하지 못했기에 성장이 멈추었을지도 모를 일이야.”

“그렇지 않소. 노인장은 충분히 대단한 사람이오. 중원에는 이리 강자들이 많구려. 그저 놀라울 따름이오.”

“칭찬 고맙네.”

“사실을 말했을 뿐이오.”

노인은 슬쩍 진무린의 뒤를 보았다.

“대단하군. 자네가 끌고 온 이들의 수준이 무척이나 높아.”

진무린의 입가에 천천히 미소가 사라졌다.

“우리를 막기 위해 파견된 중원의 무사이시오?”

“짐작하는 대로일세.”

“나는 강자를 동경하고, 대우하오. 평소라면 섣부른 무례를 저지르지 않을 터, 상황이 이러하니 별수 없겠소.”

“이해하네.”

진무린의 눈썹이 꿈틀거렸다.

“한데, 노인장만으로 우리를 막으려 하시는 게요?”

“그럴 리야 있나. 뼈마디가 시큰거리는 나이일세. 나

하나로 자네조차 감당할 수 있을지 모르겠네만."

"겸손이 심하시오. 오히려 내가 노인장에게 실망을 안겨줄까 걱정이오."

노인, 서문종신의 입가에 미소가 드리워졌다.

'오랜만이로군.'

저토록 단단한 사내는 정말 오랜만에 본다.

그가 기억하는 수많은 강자들 중에서도 이만큼이나 무 하나에 집착하는 사람은 거의 없었다. 당장 기억나는 사람이 있다면, 일 년 전의 강비 정도일까.

"서문종신이라 하네. 자네 이름을 알 수 있겠나?"

"무신성의 부성주 직을 맡고 있는 진무린이라 하오. 서문 종사(宗師)를 만나게 되어 영광이오."

"자네들이 길을 멈추든, 우리가 물러서게 되든, 나는 자네의 이름 석 자를 평생 기억하게 될 것 같네."

"나 역시, 서문 성(性)의 종사를 기억하겠소."

"시원시원하군. 이제 슬슬 시작해도 되겠는가?"

진무린의 눈이 사방을 훑었다.

나선 자는 서문종신 한 명이었지만 주변에 분포한 인기척의 수를 그는 정확하게 꿰뚫고 있었다.

'세 명.'

상당한 강자들이었지만, 진무린의 시선으로 보면 아직 여물지도 못한 어린것들이었다.

즉, 서문종신과 셋을 합쳐 총 네 사람이 무신성을 가로막았다는 뜻이다.

'알 수 없군.'

어떻게 이 병력을 막겠다는 걸까.

진무린이 끌고 온 무신성의 병력은 그 숫자만 팔백을 헤아린다. 게다가 휘하 병력을 이끄는 전투부대의 수장들은 하나하나가 태산의 팔부까지는 오른 이들이었다.

당장 중원의 절대 강자들과 부딪쳐도 떨어지지 않을 이들이 무려 여덟 명, 성주를 보필하는 흑호령주까지 합세하면 비사림 칠군주에 육박하는 절대 강자가 무려 아홉이나 있는 셈이다.

거기에 중원과 새외를 통틀어 천하제일인이라 할 수 있는 무신성주와 부성주까지.

세상 어떤 단체라도 대번에 휩쓸어 버릴 수 있는 전력이다. 수하들을 제하고 수뇌들만 추린다면, 가히 구파일방 전 장문인들과도 일전을 벌일 만한 힘이었다.

그리고 승리할 만한 숫자였다.

"시작을 한다 함은, 우리의 진군을 막겠다는 소리로밖에 들리지 않소. 하지만 내 파악한바, 제아무리 서문 종사의 힘이 강건할지라도 이 많은 수를 멈추게 하기에는 무리가 있다고 판단하오만."

서문종신은 손을 저었다.

"자네 말이 맞네. 막상 시작을 하려 하니 무척이나 막막하네. 본래는 우리가 준비하던 전략전술이 있어, 그대로 행하려 했건만 이리 보니 무척 힘이 들 것 같군. 해서 내 자네에게 한 가지 제안을 하겠네."

"말씀하시구려."

"자네들을 상대하기 위해 저 머나먼 곳에서 꽤 많은 작자들이 진군하고 있네. 그때까지, 이 자리에 머물며 대기해 주지 않겠는가?"

진무린의 입가에 웃음이 떠올랐다.

"내 어찌 서문 종사의 말씀을 가벼이 여기겠소? 하나 우리도 입장이라는 것이 있고, 받은 명령이 있소. 성주님의 명령에 따라, 우리는 이대로 하남 숭산으로 가야할 것 같소."

"정히 그렇게 해야만 하나?"

"그렇소."

"안타까운 일일세. 자네들이 굳이 그렇게 한다면 우리가 어찌 막을 수 있을까 싶네. 하지만 알아두게. 자네들이 부득불 움직여야 한다면 우리로서도 자네들 전력의 반을 순식간에 날려 버릴 수 있음을."

진무린의 눈이 서문종신의 눈과 마주쳤다.

파악하는 눈과 진지한 눈.

일대종사에 달하는 두 사람의 시선이 허공에 부딪침에, 두 사람 주변으로 차가운 동풍도 들어오질 못했다.

이윽고, 진무린의 입이 열렸다.

"진심이시군."

"난 장난은 좋아해도 거짓말은 잘 안 하는 편일세."

"도대체 무슨 수로 이쪽 전력의 절반을 날린다는 것이오?"

"그것이 궁금하다면, 자네 말대로 밀고 나오게나. 하나 더, 알아두게. 진군하는 무신성의 전력 중 절반이, 무인다운 싸움 한 번 못 해보고 저승길로 갈 걸세."

싸움도 못 해보고 저승길로 간다?

진무린의 눈이 번쩍였다.

"뭔가 대단한 수를 준비한 모양이구려."

"거짓을 말해봤자 들키는 건 시간문제일 텐데, 굳이 위협 한 번 한답시고 허튼 짓을 하진 않네. 동시에 진실을 말할 수밖에 없네. 그래야 자네들이 멈출 테니까. 무인다운 최후를 원하는 자네들에게, 칼 한 번 들지 못하고 억울하게 세상을 떠나는 것만큼 원통할 일이 또 있겠는가."

"서문 종사께서는 무인의 명예를 아는 사람이 아니었소?"

"나는 물론 무인의 명예를 아는 사람이네만, 자네처럼 속한 단체가 있어 나 혼자의 명예를 들먹이기도 힘드네. 원하지 않아도 자네들에게 있어 불유쾌할 만한 일들을 아무렇지도 않게 구사할 수 있는 늙은 생강이 나라는 걸 알아주었으면 좋겠네."

진무린의 눈썹이 조여졌다.

"정녕, 궁금하기 짝이 없구려."

"말한바 있네만, 정말 궁금하다면 자네는 수하들을 진군시키면 되네."

하늘하늘거리는 기도는 진실을 외치고 있었다.

진군을 명하는 순간, 병력의 반이 날아간다.

대단한 자신감이었다. 그 자신감은 압도적인 살상은 물론이거니와, 그들의 손에서 충분히 살아나갈 여유가 있음을 증명하고 있었다.

'어렵구나.'

설마 이런 무시무시한 패를 들고 올 줄이야.

그 패가 어떤 패인지 알기만 해도 이 답답함이 조금은 가실 텐데.

움찔, 손가락이 움직였다.

진무린은 다시 한 번 주변을 둘러보았다.

"경험 충만한 무사들인 것 같소."

서문종신은 고개를 끄덕였다.

"아직 한참이나 어린 아이들이지만, 싸움에서의 경험만큼은 천하 어떤 이들보다도 많다고 생각하네. 특히 전쟁에서의 경험은 타의 추종을 불허한다고 할 수 있지."

싸움과 전쟁.

무인으로서의 대결이 아닌, 난전의 경험이 많다는 것이다.

진무린의 눈꺼풀이 파르르 떨렸다.

"저들을 모두 데리고 우리 손아귀에서 빠져나가실 수 있겠소?"

"어렵겠지."

서문종신은 쉽게 인정했다.

그리고 또 말한다.

"하지만 불가능하지도 않겠지."

진무린은 인정할 수밖에 없었다.

'대단한 사람이다.'

서문종신의 자신감은, 그저 자신감에서 멈추지 않을 거라는 것을 그는 잘 알고 있었다. 당장 자신이라 해도, 몇 사람과의 도주라면 천하 누구도 잡아내지 못하도록 충분한 조치를 취할 능력이 있었다.

하지만 또한, 그는 멈출 수 없었다.

"무신성은 성주의 명령이 아닌 한, 타인의 제지로 길을 멈추지 않소이다."

진무린의 손이 천천히 들렸다.

서문종신의 손도 동시에 들렸다.

"부디 무운을 빌겠네."

"서문 종사 역시 마찬가지지요. 싸움이 시작되면 우리는 멈추지 않을 것이오."

서문종신은 잠시 그를 바라보다 크게 웃었다.

"허허. 그랬군."

"……."

"자네들, 싸움이 하고 싶었나?"

"……?!"

"안타깝지만 우리는 싸움을 거부하네."

이건 무슨 말인가?

진무린의 눈이 가느다랗게 뜨였다. 서문종신은 살짝 미소를 지었다.

천천히 드러나는 맹수의 송곳니.

"자네는 전투를 염두에 두고 있지만, 우리는 전쟁을 염두에 두고 있네. 그 전쟁의 불길은, 설령 자네들의 주인인 무신성주라 할지라도 피하지 못할 만큼 뜨겁고도 강렬할 테지. 이 단순하고도 패악한 싸움의 본질을 아직도 파악하지 못했으니, 결국 자네들의 패배는 예정된 결과일 따름일세."

진무린의 놀라움으로 눈이 부릅뜨였다.

"무인으로서의 명예를 세워주지 못함을 용서하시게."

서문종신의 손이 아래로 떨어졌다.

직후.

콰아아아앙!

*　　　*　　　*

"우웨에엑!"

비무대에서 튕겨 나가 뒹굴뒹굴 구르고 일어선 진관호다.

쏟아내는 핏물의 양이 상당하다. 새하얗게 질린 안색에, 상체 전반을 가득 메운 터진 상처가 빠끔 입을 열고 있었다.

대단한 외상이었다. 외상 못지않은 내상까지 입었음은 물론이었다.

진관호는 재빨리 공력을 일으키며 일어섰다. 당장 쓰러져도 할 말이 없는 상처였지만 지금은 속 편하게 쓰러져 있을 때가 아닌 까닭이다.

모두의 시선이 비무대 위를 향했다.

무시무시한 폭음과 함께 하늘까지 치솟을 거대한 불길이 일었다.

구경하던 무림인들과 민초들이 모두 사라졌기에 망정

이지, 설혹 그들이 있었다면 백 단위로 불길에 휩싸였을 만큼 치명적인 화염의 벽이 비무대와 비무대 좌우를 가득 메우고 있었다.

심지어 한참 물러난 흑호령의 무사들 중 삼십여 명이 그 불길을 피하지 못하고 재가 되어 스러졌으며, 오십여 명이 무더기로 쓰러져 뒹굴고야 말았다. 그야말로 무시무시한 불길, 천화(天火)가 따로 없었다.

"성주님!"

몸에 그을음이 가득 묻은 채로, 곽동산이 외쳤다.

귓청을 떨리게 만드는 굉음과 천지를 분쇄해 버릴 폭발력에 놀란 모두의 시선이 비무대 위를 향했다.

그곳에는 한 명의 남자가 부들부들 떨리는 몸으로 진관호를 바라보고 있었다.

놀랍게도, 거의 백화(白火)에 가깝도록 명멸하는 불길 속에서도 신회는 살아남았다. 아니, 그의 주변에 둘러쳐진 막강한 공력의 방패가 화염의 유입을 원천적으로 차단하고 있었다.

하지만 그것은 이차적인 화염의 유입이었을 따름이니.

순간적으로 쏘아진 무시무시한 폭발에 일격을 허용한

신회의 몸은 거의 만신창이나 다름이 없었다.

뻗은 두 손은 팔꿈치부터 날아가 버렸고 전신의 의복은 모조리 재가 되어 흩어졌다. 전신 화상, 양어깨와 쇄골은 가루처럼 으스러져 짧아진 두 팔이 힘없이 덜렁이고 있었다.

머리카락과 눈썹 역시 멀쩡하지 못했다. 모조리 날아갔다. 화염의 파도를 일차적으로 막지 못한 결과는 이토록 심각했다.

신회의 눈꺼풀이 파르르 떨렸다.

"…백화천통(白火千筒)."

"그렇소."

이백여 년 전 홀연히 일어나, 개파한 지 십 년도 채 되지 않아서 사라져 버린, 강호 역사상 최악의 화기문파.

화약과 화기로 천하제패를 시도했던 천뢰방(天雷幇)에서도 최강으로 평가받은 절대금용화기가 바로 백화천통이었다.

그 작은 흑색 통에 어찌 이만한 용량의 화약을 설치했는지 누구도 알지 못했다.

다만, 그들은 그것을 성공시켰고 이후 백화천통은 강

호절대금용암기로서 그 악명을 고금에 각인시켰다.

단 하나의 화기로 문파 하나를 괴멸시킬 수 있는, 유사 이래 최악의 마물 백화천통.

천뢰방이 멸망하면서 모조리 사라졌다고 알려진 백화천통이, 지금 이 비무대 위에서 터진 것이다.

이 무시무시한 사실에 적인 대사는 물론이거니와 강비, 등효, 옥인, 벽란조차 깜짝 놀랐다.

적송과 민비화, 백단화는 놀라지 않았다. 다만, 지금 이 자리에서 터트릴 줄은 상상도 못했기에 그 사실에 경악하고 있었다.

적송은 좌중에게 은밀히 전음을 보냈다.

— 모두 전투준비하시오.

경악에 가까운 놀라움이었지만 수습을 하는 것도 빠르다. 이 자리에 있는 모든 사람들이 경험, 재능, 무공, 술법의 정점에 선 이들이었다.

신회가 이를 악물었다.

쏟아져 나오는 공력은 거칠었다. 실상 그 앞에서 살아있는 것 자체가 기적과 다름이 없었다.

"설마 백화천통을 터트릴 줄이야."

진관호는 입가의 피를 닦아냈다.

"준비는 하고 있었소. 다만, 정말 무신성이 이곳으로 오게 된다면 사용하려고 다짐했었지."

"그랬나."

"성주께서 비무의 틀을 깨버린 순간 나도 다짐했소. 쓸까 쓰지 말까에서, 이걸 어떻게 써먹어야 우리가 전쟁에서 이길 수 있을까로."

신회의 입에서 허탈한 웃음이 흘러나왔다.

"그렇군. 자네는 전쟁을 하려 했군."

"무림인들의 싸움은 무림인들의 것. 하지만 나와 내 동료들은 단순한 무림인들이 아니오. 의뢰를 받고 이행하는 집단이지."

"이것 전부가 의뢰였다?"

"물론 그렇진 않소. 다만 어떻게든 살아남아야 할 싸움이었다는 건 분명하지."

"수단 방법을 가리지 않았다는 게로군. 그건 마도(魔道)나 다름이 없는 짓 아닌가."

진관호는 살짝 웃음을 지었다.

"전쟁이 벌어진 순간, 정도와 마도의 경계는 사라지기 마련이오. 당신들도, 중원 무림도 전쟁을 벌인 그 순간부터 모두가 악(惡)이었소. 그리고 그곳에 한 발 걸친 우리 역시도 악이지."

"답변치곤 치졸하군."

진관호는 순순히 고개를 끄덕였다.

"인정하오. 이왕이면 당당하게 이겨놨으면 좋았을 것을, 성주의 무공이 너무 강했소이다."

"칭찬으로 알아듣겠네."

"칭찬이오. 나는 좀 씁쓸해지겠지만."

"정말이지, 다른 누구도 아닌 자네 정도 되는 사람이 이런 간 큰 짓을 터트릴 줄은 상상도 못했네."

손을 마주하고, 무공을 마주했기에 그는 알 수 있었다.

진관호라는 사람의 본성을.

진관호는 그리 거친 사람이 아니었다. 무인으로서의 호승심은 풍부했으되 삿된 짓을 저지를 사람은 아닌 것이다.

진관호의 입가에 씁쓸한 미소가 걸렸다.

"중원 무림과 새외 무림. 어느 쪽이 옳았느냐를 따지진 않겠소. 먼저 침공한 그쪽도, 막으려 난리를 치던 이쪽도 내 눈에는 별다를 것 없는 작자들이오. 하지만 우리의 노선은 결국 이쪽으로 닿았고, 이후 자칫 잘못하면 내 동료들에게 위협이 될 수도 있음을 직감했소. 나는 뒤가 답답한 건 참지 못하오. 그렇다고 가만히 놔둘 수도 없으니, 그 근본을 세상에서 지워주는 수밖에."

신회는 진관호의 말을 들으며 소름이 돋는 걸 느꼈다.

근본을 없애겠다. 문제의 근원을 없애겠다.

말이야 쉽지만 누구도 쉽게 그런 짓을 하진 못한다.

"무척 독하군."

"독해야 할 때는."

"과연, 이유야 어떻게 되었든 우리가 한 방 먹었네그려."

신회의 눈이 천천히 감겼다.

"어떤 싸움을 벌였던 패배자는 패배자일 뿐, 그를 두고 미사여구를 붙일 이유가 없지. 패배의 미학 따위는 존재하지 않네. 나 역시 패배자가 되었으니 그저 답답할 따름이로군. 생에 어떤 적의(敵意) 앞에서도 절대무적이라 자부해 왔거늘."

진관호는 가만히 신회를 바라보았다.

미동도 않는 신회.

그렇게 신회는, 무신성주는 죽었다.

화르르륵!

그의 목숨이 끊어짐과 동시에 뿜어져 나온 공력이 허공으로 흩어지고, 넘실거리는 백색의 불꽃이 대번에 그의 육신을 삼켜 버렸다.

진관호는 고개를 저었다.

마음은 안타까웠다. 하지만 지금은 그런 사치스러운 생각을 할 때가 아니었다. 애초에 안타까워하는 것 자체가 위선이었다.

한 번 저질렀으면 끝까지 간다.

진관호의 눈이 번쩍였다.

"교주, 어떻게 되었소?"

느닷없는 말이지만 적송은 그의 말을 바로 알아챌 수 있었다.

"신화단이 대기 중이오. 남은 병력은 무혼조를 따라갔소."

"바로 전투가 벌어질 것이오."

정답이었다.

"이 개 같은 놈들!!"

불길을 헤치고 나타나는 시커먼 호랑이들.

무신성 최강의 전투집단, 흑호령이었다.

곽동산을 필두로, 성주를 잃은 호랑이들의 눈동자가 치명적인 살기와 적의로 이글거렸다.

강비가 천천히 일어났다.

"이차전이로군."

모두가 각자의 병장기를 들고 전투태세에 들어갔다. 옳고 그름을 떠나, 우선 이 상황부터 타개를 해야만 했다.

백단화의 음성이 세상 밖으로 뛰쳐나왔다.

"신화단은 앞으로 나서라!"

풍부한 내공, 웅후한 음성.

파바박!

뒤이어 뛰쳐나오는 수많은 무사들.

흑호령과는 전혀 다른 기질을 지닌 백색 무복의 신화단이었다. 무신성 최강의 전투부대와, 법왕교 최강의 전투부대가 마주하는 순간이었다.

*　　　　*　　　　*

진무린의 눈이 사정없이 떨려왔다.

'이럴 수가!'

설마 이름 없는 야산 자락에서 이런 무시무시한 불길이 치솟아 오를 줄이야.

'기름까지!'

왜 기름 냄새를 맡지 못했을까.

무신성 병력의 절반이 날아간다?

절반이 아니라 태반이다. 팔백의 병력 중 거의 칠백에 가까운 숫자가 한 줌 재가 되어 날아갔다. 심지어 남은 병력 대부분 역시 짙은 내상과 화상을 입은 채로 칼조차 쉬이 들지 못하고 있었다.

남은 것은 진무린을 위시로 한 휘하 병력의 대주들뿐.

심지어 그 여덟 대주들 중 넷이 심각한 내외상을 입고 있었다. 한순간 터진 백화가 땅밑에 깔린 기름에 증폭하여 대지 자체를 뒤집어 버린 까닭이다.

애초에 살아남은 것 자체가 기적이나 다름이 없다.

그 폭발이 어찌나 놀라운 것이었던지, 진무린은 일행과 함께 사라진 서문종신을 쫓지도 못하고 있었다.

수습한다고 수습이 될 만한 피해도 아니었지만 그렇다고 수습을 하지 않을 수도 없는 상황이었다. 기가 막혔다.

"이런 개 같은……!!"

이를 바득바득 갈아도 소용이 없다.

그 역시 상당한 내상을 입은 상황이었다. 폭발의 반경에서는 떨어졌지만, 폭발의 파괴력이 너무 강해서 충격파만으로도 피해를 입은 것이다.

하지만 그의 악몽은 거기서 끝나지 않았다.

남은 병력을 이끌고, 무시무시한 분노에 사로잡혀 전진을 하던 진무린은 곧 엄청난 병력 앞에 멈칫할 수밖에 없었다.

"법왕교?!"

"그렇지."

서문종신과 나란히 선 사문당.

두 노인을 보며 진무린은 허탈하게 웃었다.

"…화기에 법왕교까지."

단순히 세태 파악을 제대로 하지 못했다고 하기에는, 적도들의 공격이 너무 뜻밖이었다. 거의 재앙에 가까운 기습 아닌가.

"이것이었군."

심지어는 사문당 측도 놀라고 있었다.

달랑 넷만 보냈다기에 그게 무슨 미친 짓인가 싶었는

데, 설마 무신성의 병력 태반을 날려 버렸을 줄이야.

서문종신이 고개를 끄덕였다.

"전투는 아직 끝나지 않았소."

"…그렇구려."

사문당이 손을 들었다.

"법왕교의 전 병력은 적도들을 쳐라."

우우웅.

거의 삼천에 달하는 병력이, 파도처럼 무신성 무리에게 달려들었다.

그 병력 중에는 무신성 전투부대 수장들과 맞상대가 가능한 칠군주급의 장로들도 꽤나 많이 섞여 있었다.

미친 듯이 대도(大刀)로 법왕교의 무인들을 베어가던 진무린의 눈앞에 서문종신이 나타났다.

"어차피 자네들이 졌을 것 같네만, 막상 이렇게 다시 마주하니 마음이 편치만은 않군."

진무린의 입가에 비릿한 미소가 어렸다.

허탈함에 가까운 미소였다.

"고양이가 쥐 생각을 해주는 거요?"

"고양이가 고양이 생각을 해주는 게지. 꽤 많이 다친

고양이 말일세."

"이제 와서 당당한 승부를 요한다?"

"말도 안 되는 소리. 전쟁이라고 하지 않았나. 전쟁에 정정당당함이 어디에 있겠어. 다만……."

서문종신의 소맷자락이 펄럭였다.

"장수들끼리의 일기토라는 것도 있으니, 한 번 상대나 해주려는 심산일세."

진무린의 눈이 점차 떨림을 잊어갔다.

진지하게 변하는 무인의 눈.

서문종신의 눈동자 속, 꽁꽁 숨은 안타까움을 보았기에 진무린은 대도를 역수로 쥐었다.

당당하게 포권을 하는 그다.

"진무린이오. 서문종신, 서문 종사께 비무를 청하오."

서문종신은 그 기개 어린 인사를 감히 가벼이 여기지 못했다.

포권으로 그 예를 받는 서문종신이다.

"서문종신일세. 이제 와 별소릴 한다 싶네만, 한 번 시원스레 겨루어보세."

분노로 일그러진 진무린의 얼굴에도 이내 시원스러운

미소가 어렸다.

뼛속까지 무인이다.

이리 적으로 만났음이 안타까울 뿐이다. 서문종신의 두 손에서도 막강한 기운이 응집했다.

콰아앙!

폭음과 함께 무인들의 악다구니가 뒤섞이는 전장.

정확하게 일각하고도 반각이 더 지난 시간.

무신성의 전 병력은 이름 모를 야산에서 몰살을 당했다.

*　　　*　　　*

사라락 나타난 강비.

곽동산은 살기 어린 눈으로 강비를 바라보았다.

"이 치졸한 것들. 무인의 수치인 줄 알아라!"

"내가 전에 말한 적 있지?"

"뭐라?"

"다시 만나도 결코 무인다운 당당한 승부를 하지는 않을 거라고."

곽동산의 눈꺼풀이 희미하게 떨려왔다.

"설령 다시 부딪친다 한들, 오늘보다 더 난잡했으면 난잡했지 호쾌한 승부 따위는 없을 거다."

"이유는?"

"암천루의 강비로서 나설 때, 나는 의뢰를 수행하기 위해서 무슨 짓이라도 할 거다. 그 와중에 호쾌한 승부? 그딴 걸 하겠어? 이보다 더 더러운 짓도 마다하지 않을 거야."

곽동산은 이를 갈았다.

"그래. 그보다 더 더러운 짓이 확실히 있긴 있었군."

"그런 셈이지."

"어디 그 더러운 짓으로 쌓은 실력 한 번 보자!"

포효를 터트리며 휘두르는 흑호의 대도였다.

강비의 사모창이 불을 뿜었다.

쩌저저정!

곽동산이 미친 듯이 물러났다.

강비는 그때의 강비가 아니었다. 곽동산의 무공 실력 역시 당시에 비해 약간의 상승이 있었으나, 강비의 성장은 가히 성장이라는 말이 어울리지 않을 만큼 대단했다.

가히 변신이라 해도 과언이 아니었다.

수세에 몰린 건 순간이었다.

백화천통의 폭발에 가장 선두에서 대기하던 곽동산도 큰 내상을 입었던 것이다. 애초에 재가 되어 날아간 수하들보다도 훨씬 앞에 있었던 그다. 죽지 않은 것만으로도 놀라운 일이다.

광룡식의 무차별 창격을 가하는 강비.

승부가 난 것은 순간이었다.

쩌저정! 퍼억!

막강한 도세를 모조리 헤집고 나아가, 오른쪽 쇄골을 그대로 관통해 버리는 일창이었다.

"크윽."

커다란 구멍이 뚫린 쇄골. 떨어지는 대도를 왼손으로 잡았지만 이미 승부가 난 것이나 다름이 없다.

강비가 사모창을 털었다.

그의 눈동자는 냉정하기만 했다.

"그때는 후일을 기약했지만, 이번 싸움에서는 후일을 기약할 수 없게 되었군."

죽이겠다는 소리.

곽동산의 입가에 비릿한 미소가 어렸다.

"강해졌군."

"그렇지."

"죽일 거면 그냥 죽이지 별스런 말을 다하는군. 왜? 미안하기라도 한 거냐?"

"미안함이 없을 수는 없지. 하지만 말했잖아? 더 지독한 짓도 하겠다고. 정작 루주가 저지른 일이지만, 루주의 일이 곧 우리의 일이지. 후회는 없어."

진심 그대로를 말하는 그였다.

곽동산의 눈이 붉어졌다.

"죽여라."

"물론이다."

"새끼, 한마디 지지를 않네."

후와아앙! 퍼어억!

한순간 휘몰아친 광룡식, 회천포 일격이다.

천하 보도인 흑호의 대도를 중단부터 부수고, 대번에 곽동산의 심장을 꿰뚫어 버린다. 회천포의 막강한 경력은 심장을 터트리는 것도 모자라 상체 전부를 박살 내버리고야 말았다.

'잘 가라.'

최고의 무공으로 최선을 다한 공격을 감행했다. 그것

이 곧 곽동산을 위한 강비의 애도사(哀悼辭)였다.

'위선에 불과할 따름이지.'

그의 눈이 주변을 훑었다.

사방에서 미친 듯이 날뛰는 호랑이와 신화단원들.

그 중심에 등효와 옥인, 벽란은 물론 적송과 민비화, 백단화도 보였다. 적인 대사는 저 멀리서 이 참상을 보고는 눈을 감고 있었다.

처억.

천천히 발걸음을 옮기는 강비였다.

그의 사모창이, 거친 호랑이들을 상대로 미친 듯한 질주를 감행했다.

흑호들 위로 광룡이 강림했다.

최후로 치닫고 있는, 확실하고도 처절하기 짝이 없는 전쟁.

그렇게 싸움은 무신성의 멸망으로 막을 내렸다.

* * *

희미한 기운을 느낀 벽란은 그 기운의 근원지를 향해 발을 옮겼다.

비무대에서 상당히 떨어진 곳.

절벽이라 하기에는 낮고, 산등성이라 하기에는 높은 기괴한 곳.

그곳에는 공령이 있었다.

"이곳까지 나타났군요."

벽란의 말투는 언제나 냉정했다.

공령은 뒷짐을 진 손을 풀지 않고 뒤를 돌아보았다.

벽란은 흠칫 놀랐다.

언제나 자신감 가득하던 그의 얼굴이 무척이나 피폐했던 것이다. 말 못할 짓을 저지른 사람처럼, 괴로움이 가득한 얼굴이었다.

"그간 잘 있었소?"

"……."

"답도 해주지 않는구려. 나를 보는 그 눈빛, 탐색의 기미가 역력하오. 확실히 나의 마음은 그대에게 잘 닿지 않은 모양이오."

아무 말 없이 그를 노려보던 벽란이 천천히 입을 열었다.

"그대의 마음은 이미 내게 닿았죠. 다만 내가 그걸 거부했을 뿐이에요."

공령의 얼굴이 씁쓸해졌다.

"그렇군."

"나를 부른 이유는요?"

"참으로 어렵소. 당신이란 존재는 내게 있어 너무 벅찬 존재요. 확실히 사람에게는 손에 닿지 않은 영역이라는 게 있는 것 같소."

"……."

공령은 저 멀리 전쟁이 종결된 곳을 바라보았다.

아직까지도 백색의 화기가 타오르는 곳.

"전투가 끝났구려."

"그렇죠."

"설마 하니, 당신이 정말로 초혼신을 세상에서 소멸시킬 줄은 상상도 못했거늘."

"나는 그저 도왔을 뿐이죠."

벽란의 냉정한 말에 공령의 눈이 붉게 달아올랐다.

"파천의 군신. 그로군."

"……."

"그가 초혼신을 죽이고, 본문에 지극한 피해를 준 것도 모자라, 당신의 마음까지 가져가 버렸군."

공령의 두 눈에서 이는 살기는 분명하게 강비를 향하

고 있었다.

벽란의 표정은 여전히 변함이 없었다. 다만 손에 부적 세 장을 들고 있을 뿐이었다.

공령은 질투 가득한 눈으로 허공 어딘가를 바라본 후 고개를 저었다.

"끝났군."

"……?"

"본문은 이제부터 봉문에 들어설 것이오."

"……!"

공령의 입에서, 모든 것을 포기한 탄식이 흘러나왔다.

"본문의 술사들은 뛰어나오. 하지만 초혼방에 비하기에는 약간의 무리가 있지. 그 전력의 차이를 뛰어넘기 위해 우리가 취한 것이 바로 신마주의 마성이었소. 천천히 마성을 씻어내어, 온전한 기만을 흡취할 작정이었지."

벽란의 눈썹이 꿈틀거렸다.

불가능한 건 아니었다. 불가능한 건 아니되, 쉬운 일도 아니었다. 자칫 잘못하다가는 인성을 잃고 마귀가 될 수도 있으니까.

설마 하니 영왕문에서 그런 무모한 짓까지 벌일 줄은

상상도 못했다. 그만큼 초혼방이라는 이름 석 자에 큰 압박감을 받았다는 뜻이리라.

"하지만 신마주와 같은 기물은 쉬이 다루기 힘든바, 거기에 천의(天意)까지 끼어들었다면 설령 우리라 해도 어찌할 수가 없지. 어제를 기하여 신마주의 마기가 완전하게 종적을 감추었소. 필시 대단한 존재가 신마주를 세상에서 지워 버렸겠지."

공령의 눈이 벽란을 향했다.

"그리고 그 사람은 아마도 화산무제겠지."

"그렇겠죠."

일전 옥인과 장천, 그리고 정신을 잃은 문채소라는 여인을 데리고 간 사람이 화산무제였다. 자연히 신마주 역시 무제의 손아귀에 있을 터.

화산무제, 그 광대한 힘으로 신마주라는 마물을 세상에서 지워 버린 것 같았다.

"그와 같은 힘을 세상에서 지우기 위해서는 제아무리 신선의 힘을 구사하는 무제라도 무리. 자신의 목숨을 담보로 하지 않았다면 신마주를 없애지 못했겠지."

공령은 한숨을 내쉬었다.

"신마주. 초혼방. 사대마종. 모든 것을 손아귀에 쥐

려 했건만 아직 때가 아닌 것인지, 그도 아니라면 하늘이 고개를 저은 것인지 모르겠소. 확실한 것 하나는, 우리가 더 이상 수면 위로 떠올라서는 안 된다는 것. 보유하고 있던 마랑까지 없어진 마당에 천하를 도모하는 건 말도 안 되는 짓이겠지."

"당신들이 마랑을 보냈군요."

"그렇소."

벽란의 눈이 차가워졌다.

암천루 무혼조의 압도적인 능력으로 그 사로(死路)를 헤쳐 나왔기에 다행이지 까딱 잘못했으면 그 자리에서 모두 마랑의 먹이가 될 뻔했다.

공령은 미소를 지었다.

"나로서도 도박이나 마찬가지였지. 아니, 그것을 도박이라 부르기에는 무리겠지. 그 마랑의 이빨에서 그대가 죽으면, 나는 앞뒤 가리지 않고 영왕문을 세상 위로 드러낼 작정이었으니까. 내 연정(戀情)의 대상이 세상에서 사라졌으니, 이를 중원 정복의 발판으로 생각하자고 다짐했소. 조금 이상한 말이지만, 더 이상 세상에 거리낄 게 없다고 생각했으니까."

"……!"

"하지만 당신은 죽지 않았소. 도리어 그 많은 마랑들이 몰살을 당했지."

공령의 눈동자는 이전과 또 달랐다.

여전히 피폐하고 참혹했다. 하지만 벽란을 보고 모든 것을 포기하고자 다짐했기에, 어딘지 쓸쓸해 보였다.

"언제 또 영왕문이 세상에 드러날지 나도 모르겠소. 나의 야심이 꿈틀거린다면 당장 일 년 후가 될 수도, 십 년 후가 될 수도 있소. 나는 다시 돌아올 것이오."

"그러시든지요."

"……?!"

"당신이 영왕문을 이끌고 세상에 나올지 말지는 나와 상관이 없어요. 다만 내가 가는 길에 방해가 된다면, 그때 박살을 내놓을 뿐이에요."

공령의 눈이 충격으로 물들었다가 이내 재차 씁쓸함을 되찾았다.

"이제는 당신의 그 마음과, 말투까지도 그를 닮아가는군."

"당신이 상관할 바 아니지요."

"…그렇겠지."

공령의 몸이 휙 돌아갔다.

바닥에서부터 스며드는 바람. 그는 완전한 이별을 고하고 있었다.

"다시 만나도 적으로 마주하지 않기를 바라겠소."

팍!

공령의 몸은 그 자리에서 사라져 버렸다.

벽란의 차가운 눈동자가 그가 사라진 땅을 바라보았다.

그녀의 눈빛은 여전했지만 입 밖으로 나온 말은 마냥 차갑진 않았다.

"저도 그랬으면 좋겠군요."

*　　　*　　　*

모든 전쟁이 끝이 났다.

초혼방부터 비사림, 무신성은 세상에서 사라져 버렸고 법왕교는 새외, 본래 거주하던 지역으로 돌아갔다.

중원 무림은, 생각보다 훨씬 치열하던 전쟁이 갑자기

뚝 끊어져 버렸지만 그 전쟁의 영웅들이 누구인지 알고 있었다.

세상이 강비와 암천루라는 조직에 대해 열광했다.

적인 대사는 진관호와 무혼조가 터트린 백화천통에 대해서 함구했다. 실제로 그걸 알고 있는 사람도 거의 없는 실정이었지만, 결과적으로 보았을 때 그들 덕에 중원 무림인들의 피해를 최소화하였다.

강호공적으로 몰아가긴 힘들고, 그럴 생각도 들지 않았다.

암천루의 이름이 전쟁 영웅이라는 수면 위로 떠오르자, 자연 천의맹에서는 반발이 일었다.

분명한 사실이었으나, 그들은 암천루를 천한 음지의 조직이라는 사실을 교묘하게 비하했다. 그들이 온전히 쥐어야 할 중원 무림의 자존심, 전쟁의 공을 가로챈 격이다. 천의맹의 반발은 생각보다 격렬했다.

치졸한 짓이었다. 하지만 중원 무림인, 그 특유의 자존심은 고깝던 시선도 잠재우는 힘이 있었다.

암천루 역시 중원의 조직이지만, 그 태생에 문제가 있다고 보는 것이다. 당당하게 햇빛 아래에서 움직이는 무림인들은 암천루의 공은 인정했지만 그들을 크게 대우해 주지는 않았다.

암천루는 그에 대해 이런저런 대처를 하지 않았다. 그냥 흘러가는 대로, 어떠한 대응도 하지 않았다.

오히려 그런 모습이 감탄을 자아내게 했지만 생각보다 여론은 좋지 않았다.

천의맹은 암천루를 그저 그런 집단으로 비하하는 선에서 끝내지 않았다. 그들 눈에는 언젠가 사건을 일으킬 집단으로 보일 뿐이었다. 언젠가 또다시 그들의 공과 자존심을 빼돌릴 집단일 뿐이었다.

여론을 형성하는 건 쉬웠다.

천의맹은 비록 제대로 된 대처를 하지 못했지만 여전히 중원 최대의 연맹이었다. 소문이 커지고, 악화되는 시간은 얼마 걸리지 않았다.

모두의 적의 어린 시선이 암천루로 향할 즈음.

천의맹에 폭탄이 터졌다.

개방 방주, 용화신 위진양이 터트린 천의맹 수뇌부의 악행과 비리들은 천의맹뿐만이 아니라 천하를 뒤흔들기에 충분했다.

더불어 그들이 권력을 유지하고자 삼대마종과 내통하고, 용두방주의 암살에 도움까지 주었다는 사실이 까발

려지자 말도 안 된다며 코웃음을 치던 수뇌부들도 다급해졌다.

위진양이 가진 증거서류와 증인들의 힘은 강력했다. 도무지 빠져나갈 길이 없을 만큼, 치밀하고도 치밀할 뿐이었다.

더군다나 천의맹 속에서도 흙탕물로 만든 비겁한 권력자들에 대항하는 움직임이 있어, 비리에 휩싸인 수뇌들은 더 이상 돌이킬 수 없는 지경까지 몰리게 되었다.

개방의 힘은 거기서 끝나지 않았다.

정보의 힘이 집단의 아집을 앞설 수 있다는 걸 그대로 보여주겠다는 듯, 지금껏 암천루가 행한 일들 하나하나가 재차 주목되기 시작했다.

그들이 얼마나 삼대마종의 격파에 혁혁한 공을 세웠는지 알려졌다. 큼직한 사건들만이 열거되었던바, 세세한 공적 하나하나까지 전부 꺼내어지자 여론은 그대로 반전되었다.

자숙과 성토의 목소리가 줄을 이었다.

뻔히 알고 있음에도, 자존심에 눈이 멀어 암천루의 공적을 제대로 보지 못했다는 사실이 중원 무림을 휩쓸었다. 특히나 목소리를 높이던 무림인들은 고개를 들고 다니지 못했다.

특히나 의선문의 입장은 화룡점정이었다.

일반 민초들에게는 물론, 사마외도 마인들의 지지까지 얻는 의선문이었다. 중원 천하에서 신용으로는 의선문이 제일을 다툰다 해도 과언이 아닐 터.

그런 의선문이 암천루를 지지했고, 개방 용두방주를 지지했다.

끝이나 다름이 없었다.

뒤로 몰린 비리 수뇌부들은 끝까지 아니라 잡아뗐지만, 역전된 여론의 파도는 그야말로 거세기 짝이 없었다. 역풍(逆風)이 태풍이 되어 몰아친 격이다.

결국 그들은 자신들의 죄를 인정하고, 사문의 벌을 받았으며, 천의맹 수뇌 자리에서 모조리 실각했다.

그들이 실각되고 난 이후, 반년.

천의맹 역시 와해가 되었다.

전쟁을 위해 만들어진 단체였다. 계속 유지하는 것도 우스운 일이리라. 하물며 힘을 지닌 수뇌들 대부분이 사라진, 허울뿐인 집단에 불과했다.

그렇게 천의맹은 삼대마종 못지않게 씁쓸한 최후를

맞이했다.

*　　　　*　　　　*

진관호는 호로록 차를 마셨다.

뜨거울 만도 할 텐데, 전혀 그런 기색이 없었다. 위진양은 그런 진관호의 모습을 보며 살짝 웃었다.

“입 다 데겠습니다.”

“내 입안은 강철이라 이래도 돼.”

말도 안 되는 대응이었다. 위진양은 찻잔 안에 든 차를 휘휘 저었다.

“이런 거 말고 술 없습니까? 거지에게 무슨 차를 줍니까?”

“술? 진작 말하지 그랬어. 말했으면 술상 깔았지.”

“거지한테 설마 차를 줄 줄은 몰랐지요. 게다가, 제가 여기 온 게 한두 번입니까? 만날 때마다 말하잖습니까.”

두 사람은 모든 전쟁이 끝나고 한 달 후, 만남을 가졌다.

서신으로 주고받던 정은 한계가 있었다는 듯, 얼굴을

마주한 두 사형제지간은 눈물을 흘렸다. 꺼이꺼이 울며 부둥켜 안은 두 사람의 모습은 가히 수십 년 동안 떨어져 있다가 겨우 만난 가족 못지않았다.

그 뒤로, 위진양은 꼭 한 달에 한 번씩은 암천루를 방문했다.

어쩔 때는 한밤중에 올 때도 있었고, 어쩔 때는 동이 트는 새벽에 올 때도 있었다. 하지만 언제 오든, 진관호는 반갑게 그를 맞이해 주었다.

위진양은 대번에 차를 들이키고는 주변을 휘휘 둘러보았다.

"어째 강 아우는 안 보입니다?"

"의뢰 갔어. 아니, 그보다도 안 뜨겁나?"

"거지의 입과 위장은 천하에서 제일 탄탄한 법이지요. 근데 의뢰를 갔다니요? 의뢰 받기 시작한 겁니까?"

위진양이 놀랄 만도 했다.

삼대마종과의 전쟁이 끝난 후, 암천루는 지금까지 어떠한 의뢰도 받지 않았다. 의뢰를 받지 않은 걸 넘어서 거의 문을 폐쇄하기까지 했다.

당분간 휴업이라고 하였다. 덕택에 암천루 소속 조직

원들은 유례없는 휴식을 취하고 있었다.

진관호는 아무렇지도 않다는 듯 말했다.

"원래는 이번 해를 통째로 쉬려고 했지."

"그런데요?"

"무시할 수 없는 사람에게서 의뢰가 왔어."

"아니, 암천루가 무시할 수 없는 위인이 있답니까?"

암천루주 진관호.

거기에 서문종신과 강비의 무공은 천하 정점을 달린다. 그 사실은 세간에 확실하게 퍼져 있었다.

더군다나 지금 강비는 등효와 벽란, 옥인과 함께 강호 유람을 다니며 제법 괜찮은 협행까지 행하고 있었다. 거의 등효와 옥인이 주축이 되었지만 강비와 벽란도 순순히 그들의 협행에 따랐다.

덕택에 세인들은 그들 네 사람을 정중사마(正中邪魔), 사왕(四王)이라 부르길 주저하지 않았다.

"법왕교주가 부탁을 하더군."

"…적송?!"

"음."

"도대체 어떤 의뢰이기에?"

"비사림주를 잡아달라네. 자기들이 위치는 파악했는

데, 마기가 너무 거세어서 오히려 불가의 항마진기는 더 위험하다고 해."

힘의 역학 관계.

마기에 강한 불가 무공이지만, 마기가 더 강성했을 때는 오히려 그 힘의 흐름이 역전된다. 비사림주 정도의 마공이라면 분명 법왕교의 어떤 이들도 그 앞에서 버틸 수 없을 것이다.

"그렇군요. 비사림주가 남긴 남았지요."

"뭐, 작정한다면 비사림주라 해도 법왕교가 밀어버릴 수 있겠지. 그런데도 부탁을 하는 거 보면, 이런저런 곳에 일을 많이 벌인 모양이야."

"근데 비사림주는 갑자기 왜 잡아달라 하는 겁니까? 물론 그리 사악한 마인이라면 누구라도 잡을 만합니다만……."

"저 감숙 위쪽에서 등장한 비사림주가 법왕교 무인들 백 명을 아작 냈다는군. 거의 미쳐서 날뛰는 중이라 하던데. 하기야, 비사림주에게도 법왕교는 원수나 다름이 없으니까."

"그렇군요."

위진양은 한숨을 내쉬었다.

"어떻게, 아직 악연은 끝나지 않은 모양입니다."

"그치만 잡으면 뭐, 다 끝나겠지."

위진양은 고개를 끄덕이다 문득 구석에 박은 현판을 보고 고개를 갸웃거렸다.

"근데 저거 뭡니까? 암천문(暗天門)? 암천문이라고 쓰인 겁니까?"

진관호는 어색하게 웃었다.

"암천루란 이름이 좀 그렇다고 문으로 바꾸자네."

"누가요?"

"선하가."

"아, 그 당가의 여식이?"

"응."

"아니, 루나 문이나 그게 뭔 차이가 있다고 그럽니까?"

"내가 아나? 그냥 이 기회에 이전에 했던 의뢰 말고 당당한 문파 같은 거로 행로를 바꾸자 그러는데, 사실 정하지도 않았어. 어떻게 노선을 변경할지."

"그렇군요. 확실히 문파로 성장하기 위해서라면……. 근데 그럴 거면 이름 자체를 확 바꾸시지요. 암천문이 뭡니까? 살수문파 같잖아요."

"말했잖아. 아직 안 정했다고. 사실 귀찮아서 바꾸고 말고를 왜 하는지도 난 아직 모르겠어."

늘어지게 하품을 하는 진관호를 보며 위진양은 피식 웃었다.

무신성을 상대로 기가 막힌 짓을 저질렀다고 들었는데, 이런 모습을 보면 확실히 그때의 사형 그대로였다.

그렇게 두 사람은 늘어지는 햇살을 받으며 담소를 나누었다.

*　　　*　　　*

"커헉!"

뻥 뚫린 가슴을 부여 쥔 남자가 비칠비칠 물러났다.

거대한 덩치, 새하얀 머리카락에 양손 손톱이 시커멓게 물든 괴인이었다.

강비는 피투성이가 된 몸으로 그를 노려보았다.

"이제 가라. 나도 힘들다."

사모창 일격으로 가슴에 사발만 한 구멍을 뚫어버렸다. 아무리 비사림주라 해도 버틸 수 없을 것이다.

"…광룡왕."

"강비다. 그만 부끄럽기 짝이 없는 별호로 부르지 마라."

"네놈 때문에, 네놈 때문에!"

"그래. 다 나 때문이니까 이만 가라."

비사림주의 눈이 새하얀 머리카락 사이로 붉게 빛났다.

"내 죽어서도……."

"일단 죽어."

퍼억!

창대로 머리통을 갈기자, 비사림주의 머리가 그대로 사라졌다. 피 튀기는 격전을 벌였지만, 마지막은 허무하기 짝이 없다.

강비는 한숨을 내쉬었다.

"힘들어 죽겠군."

창을 휘둘러 피를 떨쳐 낸 그가 저벅저벅 밖으로 나섰다.

그곳에는 등효와 옥인, 벽란이 웃으며 서있었다.

"다 끝났소?"

"끝났소. 아주 질기기 짝이 없더군."

"어떻게 또 용케 이겼군."

"알잖소? 내가 원래 싸움 좀 잘하는 편이오."

넉살 좋은 대화였다.

일행이 웃는 가운데, 저 멀리서 한 명의 여인이 다가왔다. 펼치는 신법의 경지가 실로 놀라웠다.

"어? 백 단주?"

백단화였다.

그녀는 걱정 어린 눈으로 강비를 바라보다가 살짝 미소를 지었다.

"의뢰, 성공하셨군요?"

"그렇소만."

"감사해요."

"별말을 다하시오."

"많이 다치셨네요. 여기서 십 리만 더 가면 본교의 제자들이 운영하는 의방과 객잔이 있어요. 그곳으로 모실게요."

강비는 가만히 그녀를 바라보다가 일행에게로 눈을 돌렸다.

"이렇게 해준다는데, 가십시다."

모두가 히죽 웃으며 고개를 끄덕였다. 그 와중에 벽

란의 표정은 영 좋지 않았다.

백단화는 웃으며 강비를 이끌었다.

"근데, 조만간 개파를 하신다면서요?"

"개파? 무슨 개파 말이오?"

"암천루요."

강비가 고개를 갸웃거렸다.

"글쎄. 그런 소식은 들은바가 없는데."

"이미 천하에 소문이 자자하던데요. 하기야, 이 외진 곳으로 비사림주를 잡기 위해 달려오셨으니 못 들으셨을 만도 하죠."

"선하가 어지간히 들들 볶더니, 결국 루주가 용인한 모양이군."

"본교에서도 암천루에 축하 사절을 보내기로 했어요. 제가 직접 가지요. 치료 다 끝나시면 저와 같이 가시죠."

벽란의 얼굴이 살짝 일그러지고, 강비는 미소를 지었다.

"축하 사절인지 뭔진 모르겠지만 심심하진 않겠군. 한데 이리 보니 백 단주의 무공이 많이 느신 것 같소. 나중에 가서 칼질 한 번 해봅시다."

"저야 영광이지요."

백단화의 얼굴이 환해졌다.

시시덕거리며 나아가는 다섯 사람이다.

차기 천하 무림의 정점에 설 천재 넷과, 새외 무림의 절대 강자로 떠오른 새외 세력, 법왕교의 실세가 나아가는 길이었다.

〈『암천루』 完〉

BBULMEDIA

BBULMEDIA